Helmut Kaufmann

# Geschichten und Erzählungen

## aus Schrattenberg im Weinviertel

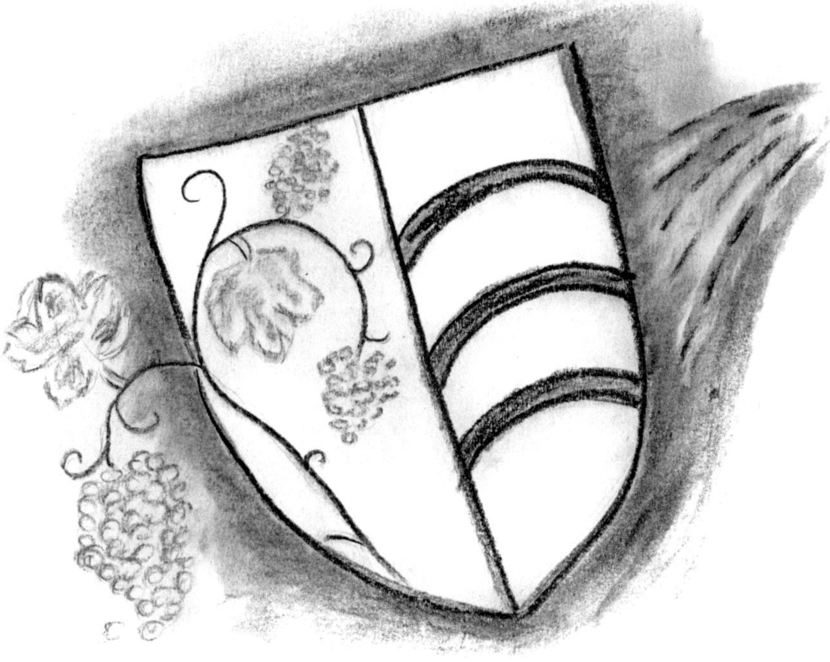

VINDOBONA
VERLAG SEIT 1946

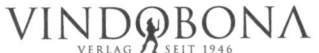

Bibliografische Information
der Deutschen Nationalbibliothek:

Die Deutsche Nationalbibliothek
verzeichnet diese Publikation in der
Deutschen Nationalbibliografie.
Detaillierte bibliografische Daten sind
im Internet über
http://www.d-nb.de abrufbar.

Alle Rechte der Verbreitung,
auch durch Film, Funk und Fernsehen, fotomechanische Wiedergabe, Tonträger, elektronische
Datenträger und auszugsweisen
Nachdruck, sind vorbehalten.

© 2011 Internationale Buchverlage GmbH,
Vindobona Verlag

ISBN 978-3-85040-122-7
Umschlagfoto: Barbara Hriza
Hintergrundbild: Korionov | Dreamstime.com
Umschlaggestaltung, Layout & Satz:
Internationale Buchverlage GmbH
Innenabbildungen: Barbara Hriza,
Schrattenberg (12)

Die vom Autor zur Verfügung
gestellten Abbildungen wurden in der
bestmöglichen Qualität gedruckt.

Gedruckt in der Europäischen Union
auf umweltfreundlichem, chlor- und
säurefrei gebleichtem Papier.

**www.vindobonaverlag.com**

# Inhaltsverzeichnis

Prolog . . . . . . . . . . . . . . . . . . . . . . . . . . . . . . . . . . 7
Hungers und Kummers verderben müssen . . . . . . . . . . . 9
St. Joannus Baptista in Flammen . . . . . . . . . . . . . . . . . 17
Das Bründl . . . . . . . . . . . . . . . . . . . . . . . . . . . . . . . . 22
Der Braithurth-Schinder . . . . . . . . . . . . . . . . . . . . . . . 29
Raubüberfall am Marktweg . . . . . . . . . . . . . . . . . . . . . 39
Sie sterben wie die Fliegen . . . . . . . . . . . . . . . . . . . . . 46
Feuersbrunst . . . . . . . . . . . . . . . . . . . . . . . . . . . . . . . 53
Der Gekreuzigte und die drei Köpfe . . . . . . . . . . . . . . . 62
Die Preiss'n Anna-Mirl . . . . . . . . . . . . . . . . . . . . . . . . 66
Begegnung mit einem Schratt . . . . . . . . . . . . . . . . . . . 72
Die Flut . . . . . . . . . . . . . . . . . . . . . . . . . . . . . . . . . . 83
Ballade über Schrattenberg . . . . . . . . . . . . . . . . . . . . . 89
Quellenverzeichnis . . . . . . . . . . . . . . . . . . . . . . . . . . 91

# Prolog

Liest man in der Chronik der Pfarre Schrattenberg, dann finden sich dort Berichte von Ereignissen, welche sich im Ort zugetragen haben. Diese Informationen sind einerseits wie Schlagzeilen einer Tageszeitung oder andererseits im Telegrammstil abgefasst. Überrascht hat mich, dass aus früherer Zeit nur Furchtbares festgehalten ist. Keine Zeile über Feste und Feiern, keine Silbe etwa über freudige Geschehnisse. Die schrecklichen Vorfälle haben sich also tief in das Gedächtnis der hier lebenden Menschen gegraben und die Entwicklung der Gemeinde wesentlich mitbestimmt. Die Bewohnerschaft musste mit vielen Dingen fertig werden und sich unterschiedlichsten Herausforderungen stellen.

Das Gelesene entführte mich in diese Zeit, nahm mich gefangen und ließ mich einfach in Gedanken an den Vorgängen teilhaben. Dabei wurden mir die Auswirkungen auf die damalige Ortsbevölkerung bewusst. Und weil sich hinter diesen Schilderungen Tragödien unermesslichen Ausmaßes, unvorstellbare menschliche Schicksale und Elend sondergleichen verbergen, kam mir der Gedanke, die chronikalen Aufzeichnungen in Geschichten und Erzählungen zu packen.

Indem ich den Vorfällen einen geordneten Ablauf verlieh und damalige Dorfbewohner zu Akteuren machte, werden sie durch Handlung und Rede für uns in Erinnerung gerufen. Natürlich hat das Erzählte keinen Anspruch auf Wahrheit und stellt nur eine mögliche Form des Herganges dar. Durch eine intensive Beschreibung aber werden die Ereignisse und Hintergründe nicht nur transparent, sondern sogar vorstellbar.

Dieses Werk widme ich allen Schrattenbergern, den lebenden und den verstorbenen, und jenen Bewohnern, die sich besonders um die Entwicklung und das Gedeihen unseres Heimatortes verdient gemacht haben. Dazu zähle ich unter anderem meine Eltern, Dr. Theodor und Maria Kaufmann, sowie meinen ehemaligen Mentor Herrn Otto Müller.

Weiters widme ich es meinen drei Kindern, die immer mit großer Aufmerksamkeit zuhörten, wenn der Vater Geschichten vorlas. Auch sie waren Inspiration und Motivation, wofür ich ihnen danke.

Danken darf ich auch all jenen, welche mich bei meiner Datensuche unterstützt haben und zuletzt meiner Gattin, die meinem Hang zur Schriftstellerei mit viel Humor gegenübersteht.

# Hungers und Kummers verderben müssen

*Erzählung aus Schrattenberg/Weinviertel*

Drei Jahre sollte er noch dauern, dieser Krieg, der 1618 begann, sich bereits 27 Jahre hinzog und über halb Europa ein Elend bisher nicht gekannten Ausmaßes brachte. Nie galt ein Menschenleben so wenig, womit ein Schlachten und Verrecken, ein Töten und Sterben verbunden war, das ganze Landstriche entvölkerte.

Schrattenberg und seine Umgebung blieben bis 1645 von den Kriegswirren weitgehend verschont; ausgenommen den Einfall von 700 Soldaten in Feldsberg unter dem Obrister Peter Kobasch im Jahr 1620, durch den die Umgebung zum Teil verwüstet wurde.

Jetzt aber errangen die schwedischen Truppen unter ihrem Kommandeur Oberst Lennard Torstenson einen entscheidenden Sieg bei Jankau, der ihnen die Tore nach Südmähren und das nordöstliche Österreich öffnete. Immer tiefer drangen sie raubend, mordend und plündernd vor. Angst und Schrecken eilten ihnen weit voraus.

Torstenson, ein schwer gichtkranker Mann, ja fast ein Krüppel, welcher häufig auf einer Bahre getragen werden musste, war ein ausgezeichneter Stratege. Er führte seine Truppen mit harter Strenge und ließ Meuterer oder Befehlsverweigerer gleich prügeln, erschießen und im schlimmsten Falle hängen. Verluste an Söldnern glich er aus, indem er verarmte Bauern, arbeitslose Handwerksgesellen und sonstiges Gesindel gegen geringes Entgelt, Mahl und Trunk in seine Dienste nahm.

Diesen unausgebildeten Mitläufern gestattete er Plünderungen zum Ausgleich für den niedrigen Sold, stellte damit zum Teil die Versorgung des regulären Heeres sicher und brauchte keine Sorge um Landsknechte zu haben, die unter Umständen bei solchen Beutezügen in einen Hinterhalt gerieten, weil ihnen die schmutzige Arbeit abgenommen wurde.

Über die Gräueltaten, welche von den Plünderern begangen wurden, erhielten die Orte aus allen Himmelsrichtungen Kunde. Daher trafen die Schrattenberger allmählich Vorkehrungen für den Notfall. Unter der Federführung ihres Ortsrichters Hans Scherzer schafften die Bewohner Vorräte in die Erdställe und in die in Schuppen und Scheunen oder unter den Stallböden befindlichen Gruben und Löcher. Diese Erdstallungen zum Schutze der Bewohner, die schon lange Zeit Bestand hatten, dienten immer als sicherer Zufluchtsort. Es handelte sich dabei um ein Tunnelsystem, das die Bedrohten meist von Weinkellern ausgehend, zum Teil tief unter der Erde, in die Lehmböden gestochen hatten. In diesen Röhren war auf allen Vieren zu kriechen, bis sich die Grabung erweiterte und man in größere Räume gelangte, in denen sich jedermann ganz aufrichten konnte. Dort waren aus dem Lehm richtige Bänke und Liegestätten gehauen worden und aus der Kuppel führte ein Loch an die Erdoberfläche, durch das Frischluft einströmte. Besonders gekennzeichnete Wege wiesen entweder zu einem Brunnen, um in der Lage zu sein an Frischwasser zu kommen, oder sie brachten den Benutzer über einen gut getarnten Ausgang direkt ins Freie.

Diese Zufluchtsstätten galten zwar als äußerst sicher, jedoch wusste niemand, was außerhalb vorging bzw. geschah. Deshalb wählte man ergänzend dazu die ausgehobenen Verstecke in Wirtschaftsgebäuden, die einfach mit Holzbrettern und Stroh überdeckt wurden. Schon viele Feinde musste der Ort, wegen der Gastfreundschaft der hier lebenden Menschen meist ohne Unheil zu erleiden, durchziehen lassen. Bei den Schweden aber war damit nichts zu erreichen.

Die Sonne stand gerade am höchsten und sandte eine unerträgliche Hitze herab, als schrille Rufe durch das Dorf hallten: „Se keiman, se keiman, de Schwed'n keiman, pockt's eing zaum und rennt's. A jeda durthin wia's einteilt is!"

Mütter und Großmütter rissen die Kinder mit sich, die alten Männer trugen Wasser, Wein und leichte Nahrungsmittel und der Rest bewaffnete sich mit Gabeln, Prügeln, Sensen, Sicheln, Messern und Hauen, der Bauern Werkzeug. Die Flucht ging verhältnismäßig geräuschlos und unheimlich rasch vonstatten. Minuten später schien das Dörfl wie ausgestorben.

Ein donnernder Knall durchbrach die Stille. Noch einer. Und noch einer.

Die Geflohenen pressten sich fest aneinander, zitterten und getrauten sich beinahe nicht mehr Luft zu holen. Die Eindringlinge schossen mittels einer Lederkanone dreimal wahllos in die Ortschaft, ehe ein berittener Hauptmann und dessen Adjutant sowie zu beiden Seiten schwer bewaffnete Lanzen- und Spießeträger, sämtlich in Landsknechtuniformen, einrückten. Dahinter folgte eine Gruppe Musketiere, hinter der das Plündergesindel nachkam. Der Offizier ließ halten. Dann herrschte Totenstille. Lange.

Nach einer Weile gab der Ranghöchste ohne Worte Zeichen mit den Händen und die Plünderer strömten mit einem wilden Geheul auf die Häuser los.

Türen flogen auf, das Vieh wurde aus den Ställen gezerrt und einfach zusammengetrieben. Plötzlich ertönten einige Pfiffe, nach denen kurz darauf Wagen heranrollten. Auf diese verluden die Söldner das Beutegut. Nachdem die Feinde die Gegend abgesucht hatten und sich sicher fühlten, entzündeten sie ein großes Lagerfeuer. Ein Schwein und ein Rind schlachteten sie sofort, während weitere Reiter eintrafen. Mit Äxten schlugen die Fremden Stühle und Tische kurz und klein, um sie zu verheizen.

Die Eysenreich Lena lag eingewühlt am Heuboden. In der Scheune bei den Felchenhauers in der Grube saßen der Finkh Andreas mit seiner Catharina, der Frumert Martinus und seine Barbara, der Garnhoß Michael und sein Weib, die Elisabeth, sowie deren drei Kinder, die Eva, der Andreas und die Maria. Sie konnten vieles hören.

Im Erdstall am Bergl verbargen sich der Gatterer Michael und seine Familie, der Köllner Georgius samt Weib, der Hauber Andreas, der Gryllmayr Martinus, der Vockl Simon, der Schindler Joannes, der Petz Thomas und der Meilinger Georg allesamt mit Weib und Kindern.

Der Jekel Chren, ein Krüppel seit Geburt und mit kurzem Geist, saß nur hinter dem Holzhaufen im Garten.

Im „Loch" beim Welffl waren die Familien Prauner, Paltzer, Lipus, Weidtner und Hibel verborgen. Der Köminger Mathias und seine Anna hatten nur in ihrem Hauskeller Zuflucht gesucht.

Am unteren Ortsende wohnte der Nikel Payr mit seiner Maria. Gemeinsam mit dem Läbreis Albel und dessen Justina kauerten sie vor deren Hütte unter einem großen Holzhaufen.

Natürlich gab es noch weitere Verstecke, in denen sich Dorfbewohner verbargen.

Das Gesindel durchsuchte die Höfe weiter und entdeckte Pferde, Obst, Gemüse, zum Teil Korn- und Futtervorräte und geräuchertes Fleisch. Dann stießen die Bösewichte auf den völlig verängstigten Jekel Chren. Sie zogen ihn an den Beinen quer durch den Ort zum Feuerplatz, um ihn dem Hauptmann vorzuführen. „Gebt ihm zu trinken!", höhnte er und aß seelenruhig weiter an seinem Mahl. Die Schurken packten den Jekel, hielten ihm den Kopf zurück und öffneten ihm gewaltsam den Mund. Aus einer Holzschale kippte man dem Ärmsten jetzt Jauche hinein und zwang ihn zum Hinunterschlucken.

Hernach pressten ihm die Männer die Lippen fest zu.

Der Chren wand sich, die Augen quollen ihm heraus, der Kopf verfärbte sich hochrot, worauf sie kurz von ihm abließen. Gleich danach wiederholten sie diese Drangsal noch einige Male, wonach sich der Jekel ständig erbrechend auf dem Boden hinstreckte.

Etwas später schleppten zwei Söldner die Eysenreichin daher. Sie stießen die erbärmliche Frau ständig vor sich her, rissen sie an den langen, schwarzen Haaren und versetzten ihr derbe Fußtritte. Nun urteilte der Adjutant mit eiserner Miene: „Da habt ihr ja ein Hexchen gefunden. Der Allmächtige wird uns dankbar sein, wenn wir ihr das Handwerk legen. Verbrennt sie!" Die Lena verstand kein Wort und merkte zu spät, was die brutalen Mörder mit ihr vorhatten.

Die ungehobelten Kerle schleuderten sie mit aller Kraft mitten hinein in das große Lagerfeuer. Ihre Hilfeschreie gellten durch die Ortschaft.

Die Versteckten waren gelähmt vor Furcht, als sich auf den Brettern über ihrem Loch viele Schritte tummelten, Spieße herumstocherten und da, was war das? Brandgeruch, oh mein Gott! Die Plünderer legten mehrere Feuer, unter anderem in der Scheune am Felchenhaueranwesen. Die Menschen in der verborgenen Grube schlugen um sich und kletterten in Panik übereinander. Der Garnoßh hielt seinem Jüngsten die Hand vor den Mund, dass ihm ja kein Ton auskam. „Bleibt's ruhig, bleibt's no a bissl stül, bis weg san. Dann schau ma, dass ma aussi kuman. Im Rauka wiad ma uns net glei segn und mia rennan ole mitanaund in Woid", flüsterte der Frumert.

Gesagt, getan. In den dicken Rauchschwaden schafften es die Verängstigten tatsächlich auf leisen Sohlen zu fliehen und sie liefen, liefen und liefen und erreichten den ersten rettenden Hügel, hinter dem sie sich gleich in das hohe Gras warfen.

Am Boden krabbelten alle weiter, bis Hände und Knie heftigst schmerzten, und gelangten schlussendlich unentdeckt in das „Roßwoadweudl".

Die Wirtschaft des Welffel Joannes lag neben dem Kirchl, ganz in Bachnähe. Der Joannes hielt es in seiner Grube nicht mehr aus, verschwand nach oben und beobachtete das Treiben der höllischen Burschen. Er erkannte die drohende Gefahr, lief in den Kuhstall und gab Befehl das Loch zu verlassen. Er überzeugte die von Todesangst bleichen Leute, dass es ratsam sei, in das Flussbett des überwucherten Baches zu gleiten und von hier aus dem Dorf zu waten, hinaus ins freie Feld, um dort ein besseres Versteck zu finden.

Bis zu den Knien in Wasser und Schlamm kämpften sich die Familien vorwärts, bis der Weidtner Stephanus auf einmal warnte: „Owe, legt's eich owe, nieda, nieda!" Die Flüchtlinge wagten es kaum zu atmen, denn die Landsknechte hatten den Payr Nikel und den Läbreis Albel samt ihren Frauen aufgespürt, ihnen Fesseln an die Hände gelegt und zogen sie am Bachufer entlang. Als kein Ton mehr zu hören war, setzten sie ihre Flucht fort, bis sie den dichten Schilfgürtel des Wolfssumpfes erreicht hatten. Gerettet!

Umgeben von großen Büschen und Robinien lag der Weinkeller des Schönfret Georgius auf einer leichten Steigung und war für Ortsunkundige keinesfalls zu sehen. Aber von dort aus sah man ausgezeichnet zur Dorfmitte. Die hier Versammelten, die Schindlers, Scharbers, der Wenisch Mathias und dessen Elisabeth, mussten alles mitansehen, was mit jenen Bewohnern geschah, welche den Feinden in die Hände gefallen waren.

Die rauen Gesellen machten sich erneut über den Jekel her und spotteten:

„Na, wie schmeckt der Schwedentrunk?" Dabei traten sie dem Hilflosen so lange in den Bauch, bis er keinen Ton mehr von sich gab. Die Landsknechte und Musketiere hingegen waren teilweise schon voller Alkohol und deshalb forderten sie zuerst den Payr auf, gegen einen von ihnen zu kämpfen und reichten ihm, Schonung versprechend, einen Spieß. Anfangs peitschten sie auf ihn ein, weil er sich nicht wehrte. Voller Zorn griff er mutig an. Der Gegner aber besaß eine hervorragende Ausbildung, ließ ihn dreimal ins Leere laufen, um dann mit dem Säbel jeweils einen Streich gegen seine linke Wade und die rechte Hüfte zu führen. Und weil er danach jede weitere Kampfhandlung verweigerte, zogen ihm die Mordsbuben die Kleider vom Leib, hingen ihn mit dem Kopf nach unten an einem Pfahl auf und entzündeten darunter ein Feuer.

Dem Läbreis Albel schoben sie die Hosen hoch, banden ihm die Hände am Rücken und schlugen Holznägel durch seine Kniescheiben. Der Albel verbiss sich beim Anblick des verblichenen Chrens und seines Freundes, dem gerade das Gesicht wegbrannte, jeglichen Schmerz und hob an, sie aus Leibeskräften zu verfluchen. Wütend schritt der Hauptmann auf ihn zu und trennte ihm die Zunge mit einem Schnitt aus dem Mund.

Die beiden Frauen, denen die grausame Hinrichtung ihrer Männer vorgeführt wurde, schrien die Henkersknechte an, schlugen mit den Fäusten auf sie ein, kratzten und bissen vor Raserei.

„Schluss damit!", brüllte ein weiterer Offizier. Zwei Schüsse fielen. Die Musketiere schossen der Maria in den Kopf und der Justina in die Brust, weil die hässlichen Bauernweiber ihrer Ansicht nach ohnedies zu nichts zu gebrauchen waren.

Endlich fand der Blutrausch ein Ende und Nachtruhe kehrte ein. Am nächsten Morgen steckten die verfluchten Hunde noch vier Hütten in Brand, ehe der gesamte Tross den Ort verließ. Niemand wagte sich aus seinem Versteck, um zu helfen, alle blieben verborgen. Und es war gut so, denn gegen 06.00 Uhr Nachmittag kam eine Gruppe von Reitern angesprengt, darunter einige Plünderer vom Vortag, die noch einmal in den Häusern und Wirtschaftsgebäuden Nachschau hielten, nach kurzer Zeit aber wieder abrückten.

Erst jetzt konnten die Dorfbewohner ihre gequälten Toten beweinen und beisetzen. Das Jahr 1645 sollte sich tief in ihre Erinnerungen einprägen.

Ein karges Dasein führten die Schrattenberger ab diesem Zeitpunkt, weil ihnen nichts geblieben war. Felder und Weingärten lagen verwüstet, die Häuser niedergebrannt, das Vieh weggetrieben und die Pest zog ins Land.

Deshalb findet man in den Aufzeichnungen über diese Zeit zu lesen: „Sie haben Hungers und Kummers verderben müssen."

# St. Joannus Baptista in Flammen

*Dramatische Erzählung aus Schrattenberg / Weinviertel*

Ein einsamer Mann war er, der Hans Rhabain. Zuerst nahm ihm der Tod alle Kinder, die ihm seine Frau gebar, und kurz darauf holte er auch sie. Da ihm ein Neuanfang nicht gelang, gab er sich völlig dem Alkohol hin.

Die Bewohner kannten den früheren Rhabain schon bald nicht mehr, sondern nur noch den betrunkenen. Sein Haus, eines der ersten neben der Kirche, ließ er einfach verkommen. Trotz allem nahmen ihn die Bauern zur Feldarbeit mit. Dafür erhielt er Essen, Trinken und manchmal ein wenig Geld. Außerdem konnte der Hans ganz schön fleißig und geschickt sein, wenn er wollte. Je älter er jedoch wurde, desto mehr frönte er dem Wein. Eine ganze Woche hatte er hart gearbeitet vor diesem Schicksalstag im April 1685, und weil die Leute keinen Geiz kannten, durfte sich der Hans nach dem Dienst oft noch etwas guten Rebensaft mit heimnehmen.

Während an diesem Tag die Leute seit dem frühen Morgen auf den Feldern und in den Weingärten emsig schufteten und nur die Alten und die Kleinen in den Häusern und Höfen zurückblieben, lag er noch stockbetrunken im Bett. Sobald der Hans erwachte, taumelte er gleich zum Holzschuppen, nahm einige Scheite und begann im Küchenherd Feuer zu machen, obwohl die Sonne den Tag ohnedies schon unheimlich erwärmt hatte. Völlig benebelt torkelte er zurück in den Schlafraum und warf sich wieder ins Bett. Dabei bemerkte er leider nicht, dass einige brennende Hölzer aus dem Ofen auf den Stubenboden fielen.

Von Hitze, Dampf und beißendem Rauch geweckt, stob der Rhabain auf die Straße und blickte sich verstört um. Er sah nur Menschen mit Eimern hin und herrennen, die ein aufgeregtes Geschrei und Gebrülle begleitete, wankte zurück, stürzte rücklings in einen Fliederstrauch und schnarchte weiter. Als er zwischendurch einmal hochkletterte und mit trübem Blick durch die Blätter starrte, meinte er den halben Unterort in Flammen zu sehen, streckte sich dann aber wieder hin, weil er der Ansicht war, dass das Trugbilder seines berauschten Zustandes seien.

Zwei angemessene Ohrfeigen holten den Hans rasch aus seinem Traum. Man rüttelte ihn derart, dass er fürchtete aus den Kleidern zu fallen. Der Fock Thomas, der Ortsrichter, herrschte ihn schroff an: „Schau da des aun, wos du aungricht' host, du b'soffane Niat'n! Da hoibate Ort is wegn dir obrennt und iazt hot de Kircha a no aungfaungt ins brenna!"

Jetzt erst erkannte er es klar und deutlich. Die Kirche, dem Hl. Johannes dem Täufer geweiht, stand in Flammen und aus dem Turm schlugen Feuerzungen in den finsteren Abendhimmel. Sein eigenes Anwesen sah er bis zum Erdboden eingeäschert. Alles, was noch Hab und Gut besaß und verschont geblieben war, stand im Löscheinsatz. Drei kernige Männer mit wutentbrannten Gesichtern, die er eigentlich recht gut kannte, umringten den Hans.

Der Danninger Georgius wand seinen Arm um den Hals des Rhabain, der Gantner Andreas zog ihm die Hände zurück, welche der Hännak Joannes zusammenband.

Es gab noch einen zweiten Trinker im Dorf, nämlich den Ortspriester Johann Georg Michenbach, den drei Frauen zum Ortsrichter schleppten. Der Mann konnte sich nicht auf den Beinen halten, so besoffen war er, und lallte auf die Kirche deutend los: „Ortsrichter, ich befehle dir, die Kirch sofort löschen zu lassen, damit ich die Monstranz, den Kelch mit den Hostien und ein paar andere Dinge retten kann. Wer hat denn die Kirch'n überhaupt angezündet?"

Zur Antwort kam es nicht, denn in diesem Moment brach das Turmgebälk, mit einem ohrenbetäubenden Gebimmel schlug die Glocke vor dem einstürzenden Gebäude in den Boden, ein unheimlicher Funkenflug erhellte die gesamte Umgebung und die Löschenden flüchteten aus Angst. Der ganze Platz rund um die Kirche hüllte sich in eine Welle aus Rauch und Glut. Nach einer minutenlangen Totenstille tauchten der Aigner David und der Öchel Christoph aus dem Dunkel auf, um schreiend auf den Priester los zu stürzen: „Soll man a glei bindn, den Pfoff den bsoffan, der ollas vabrenna hot loss'n? Was sogst Ortsrichta!"

Gleich darauf hörte man, wie sich eine Menschenmenge laut rufend, fluchend und durcheinanderschreiend näherte. Jetzt waren schon einige zu erkennen: der Ekhert Gregorius und sein Weib, die Martha, ganz vorne, gleich dahinter der Bischopfsa Laurentius, der Berger Joannes, der Berthold Philippus, gefolgt vom Rossmiller Nicolaus und dem Schramb Matthias. Allesamt Abbrändler aus dem unteren Ort, deren Häuser, Wohnungen und Höfe in Schutt und Asche lagen.

Sie standen anklagend vor dem Fock. Dem Richter graute es, als er in die bitterbösen Mienen blickte, die außer sich waren vor Wut und Zorn. „Hängt's den vasoffan Rhabain endlich auf, auf wos woart's denn!", brüllte die Neudecker Catarina. „Jo, der is schuid mit seina deppat'n Saufarei aun unsan ölend!", stimmte die schwangere Blech Barbara zu. Der Menschenhaufen drängte sich bedrohlich auf den Hans Rhabain zu, dem sich Thomas Fock entgegenstellte. Aber der Denoth Siegfridus, breitschultrig, 1,90 m groß, trat auf den Richter zu und stieß ihn weg.

Der Hans erkannte den Ernst der Lage, riss sich von seinen Peinigern los und floh. Die Verfolger hetzten hinterher, holten den Rhabain ein und seine ängstlichen Hilferufe verhallten unter den vielen Prügelschlägen, die jetzt auf seinen Körper niedersausten. Die Menschen ließen in ihrer Verzweiflung der Wut freien Lauf, sie packten den totgeschlagenen Hans auf ihre Schultern und trugen ihn, wie auf einer Bahre gebettet, zum lodernden Rest der brennenden Kirche. Schweigend warfen die Männer den Leichnam in die Flammen.

Nach einer kurzen Weile kehrte die aufgebrachte Schar zurück und steuerte direkt auf den Michenbach zu.

Die Berger Anna Maria rief schon von weitem: „Jetzt is der Pforra draun, der die heiligsten Sochan in der Kirchn vabrenna hot loss'n!" „Jo! Mia nehman dem Herrgott de Orbat glei ob. Braucht'n da Ollmächtige net richt'n!", schloss sich sogleich der Anger Laurentius ihrer Ansicht an.

In ihrem ungebremsten Hass eilten sie rasch herbei und wollten sich den Pfarrer greifen. Jedoch diesmal versperrte ihnen der Ortsrichter, mit beiden Händen abwehrend, den Weg und appellierte so lautstark er konnte an die wütende Menge:

„Seid's gscheid! Leitl, seid's gscheit! Der Pforra hat koa Schuld aun dem Unglick! Der hot nix vabroch'n, den Schuldig'n hobt's schon gricht, wos wollt's denn no. I bitt eing, vasindigts eich net!"

Das Gesicht des Priesters war weiß wie Schnee, auf der Stirn türmten sich riesige Schweißperlen, er zitterte am ganzen Körper, als würde er jeden Moment zusammenbrechen. Völlig ernüchtert wankte er hin und her.

Noch einmal erhob der Fock Thomas mahnend seinen Zeigefinger: „Losst's den Pforra in Ruah. Der is eh' fia sein Leb'n laung g'stroft. Glaubt's mas, es Schrattenberger!"

Er schaffte es, die Bewohner in ihrem Rachetaumel zu stoppen. Die zermürbten Menschen senkten ihre Köpfe und verließen schweigend den Platz. Der Priester kniete nun allein vor der völlig zerstörten Kirche und weinte bitterlich.

Im Februar 1686 nahm der Falkensteiner Dechant Antonius Palli eine Visitation des „Vicariats Schrättenberg" vor und skizzierte deprimiert seine Eindrücke:

„Dises orth ist sambt der Kirchen völlig abgebrunnen; in welcher brunst in die 30 consecrirte hostien verbrunnen; dass selbern ciborium aber zerschmoltzen, welches der Priester, so damals in loco war, wan er anderst niechtern gewesen, wohl hette salviren sollen, zumallen anders Kirchensilber in die sicherheit gestelt worden: weillen aber dieser priester dem vbermässigen trunckh zugethann, in welchen er auch jene vnzimblichkeit, so der wein gemainiglich operiert, verübet, ist probabiliter zu schliessen, dass er auch damahls berauscht und dergestalt dass höchste Kleinod seiner Kirchen wierd vernachlässiget haben. – Dass Predigen in seiner abgebrendten Kirchen, aber noch weniger die Jugend zu lehren, ist ihme nit bekhandt."

# Das Bründl

*Erzählung aus Schrattenberg im Weinviertel*

Die Bründlkapelle, auch Rochus-, Antoni-, früher Sebastiankapelle genannt, steht am Weg zum Bründler Wald in der Flur namens „Zwölfquanten" in der Gemeinde Schrattenberg. Die Gläubigen von Herrnbaumgarten sollen früher jährlich in einer Prozession dorthin gekommen sein. Heute ziehen die Schrattenberger jedes Jahr um den 15. August herum, dem Hochfest „Mariä Himmelfahrt", zur Bründlkapelle. Die Stifter und Erbauer des Gebäudes hinterlegten angeblich im Gemäuer einen Stiftungsbrief, welcher jedoch verschwunden ist. Deshalb kennen wir deren Namen nicht und wissen lediglich aus der mündlichen Überlieferung, was sich dort, wo die Kapelle steht, im Jahr 1713 ereignet haben könnte.

Im benachbarten Herrnbaumgarten gab es zu jener Zeit einige sehr wohlhabende Bauern. Ebenso lebte dort ein Häuslerpaar, das eine 19-jährige Tochter hatte, die eine Gestalt wie eine Tänzerin besaß und deren Gesichtshaut zart gebräunt war. Ihr Haupt bedeckte langes, gewelltes, blondes Haar. Der Vater nannte sie deshalb immer Engelchen.

Engelchen liebte den netten, gut aussehenden Sohn eines dieser Großbauern. Als der alte Bauer davon Wind bekam, verbot er dem Jungen das Zusammentreffen, denn dieses „Bettelmädchen" sei zwar sehr schön, aber arm, brachte nichts mit, wie man so sagt. Deshalb musste er sich eine nehmen, die zwar nicht seine erste Wahl wäre, den Besitz dagegen jedoch ordentlich vergrößerte.

Der Häusler versprach sein Töchterchen, weil er nicht bis zu seinem Lebensende Tag für Tag schwer schuften wollte, einem sehr reichen, hässlichen Bauersmann, der dreimal so alt war wie sie. Die junge Frau konnte sich keinesfalls vorstellen, diesen Mann zu ehelichen, geschweige denn mit ihm in einem Bett zu liegen oder gemeinsame Kinder zu haben. Sie weigerte sich lange. Der Häusler bestand dagegen unbedingt darauf und so weinte sie oft des Nachts in ihr Strohkissen.

Die Häuslerin konnte den Willen ihres Mannes ebenfalls nicht brechen und daher sollte nun in drei Monaten groß Hochzeit gehalten werden. Ihre geheime Liebe musste schon sechs Wochen zuvor zum Traualtar, und als die Neuvermählten vor das Kirchenportal traten, stand Engelchen unter den Neugierigen. Tief sahen die beiden einander in die Augen und dicke Tränen verbargen sich darin.

Je näher der besondere Tag kam, desto unruhiger wurde die Braut. Sie schlief nur mehr wenig und überlegte stundenlang hin und her, wie sie diese Eheschließung vermeiden mochte. Bald erstand sie am Markt einen Umhängesack, so wie ihn die umherziehenden Handwerker verwendeten. In diesen stopfte sie schnell all ihre Habseligkeiten und eilte eines Tages früh morgens fluchtartig davon.

Sie wollte so weit wie möglich weg von zu Hause und gelangte bis nach Ladendorf. Dort kam das Mädchen bei einem Bauern unter, welcher sie eigentlich nicht gleich in den Dienst nehmen wollte, da er meinte, sie sei von adeligem Blut.

Als ihm die junge Frau aber ihre abgearbeiteten, fast ledrigen Hände zeigte, nahm sie der Mann als Dienstmagd auf. Sie blieb nur einige Wochen, denn die Knechte, denen das Mädchen natürlich gefiel, stellten ihr ständig nach und das war ihr äußerst zuwider.

Die Frau wanderte weiter bis nach Ernstbrunn und fand im dortigen Schloss des Fürsten Prosper von Sinzendorf Arbeit. Sie lernte viel und schnell. Das Leben einer Küchenmagd gefiel ihr ganz gut, weil sie bei bestimmten Tätigkeiten ein wenig träumen durfte – nämlich von ihrer großen Liebe. Beinahe jeden Tag war sie vor dem Einschlafen mit ihren Gedanken bei dem jungen Bauern, ehe sie vom Tagwerk ermüdet in einen tiefen Schlaf fiel. Zwei Jahre verbrachte sie an dieser

Dienststelle, um anschließend weiter zu ziehen, weil sie den Edelleuten ins Auge stach und die junge Frau genau wusste, was so mancher Magd da schon geschehen war.

Bald darauf durfte sie Dienst als Stubenmädchen in der Feste Harmannsdorf verrichten, beim Geschlecht der Kinsky. So gut wie hier war es ihr noch nie gegangen und sie lernte allmählich das Leben der Herrschaften kennen. Der Graf legte großen Wert auf ein adrettes Aussehen seines Personals. Auch er erkannte die außergewöhnliche Erscheinung dieser Dame, stellte sie unter seinen persönlichen Schutz und sorgte dafür, dass sie nicht belästigt wurde. Ein Jahr lang lief alles zu ihrem Vorteil, bis ihr die vielen Neider, die sie im Schloss hatte, unterstellten, gestohlen zu haben. Kinsky entließ sie nur ungern. Zum Dank für ihre Leistungen schenkte er der Frau zwei wundschöne Kleider seiner verstorbenen Gattin, die wie angegossen passten. Kein bäuerliches Hochzeitskleid hätte da mithalten können.

Der weitere Weg führte Engelchen in das Landschloss Greillenstein der Kuefsteiner. In Küche oder Kammer gab es hier keinen Arbeitsplatz, dafür aber im Stall, auf dem Feld und im Weinkeller. Der Wirtschaftsführer, ein alter Knecht mit unheimlicher Arbeitserfahrung, nahm sie unter seine Fittiche, denn auch ihm entging die Schönheit dieses Wesens nicht. Er riet ihr, sich am Morgen schon Hände und Gesicht zu beschmieren, sich ein wenig mit Stallmist zu beschmutzen und stets ein Kopftuch zu tragen, um ihre reizende Erscheinung zu verbergen, was gut gelang. Hier erfuhr die junge Frau so viele Dinge von Stall-, Feld- und Weinwirtschaft, dass sie mehr wusste als die Bauernsöhne bei ihr daheim. Oft stellte sie sich vor, wie es sein könnte, wenn sie mit ihrem Unvergesslichen gemeinsam die Felder bestellen dürfte. Drei Jahre flogen dahin, bis die Frau über Nacht von schrecklichem Heimweh erfasst wurde. Mit einem gut gefüllten Lohnsäckel nahm sie Abschied. Zu diesem Zeitpunkt wusste Engelchen nicht, dass der Vater ihres Geliebten ein Jahr, nachdem sie geflohen war, an einem Herzstillstand dahingeschieden und seine Frau acht

Monate nach der Geburt des zweiten Kindes an einer Lungenentzündung verstorben war. Trotz zweier kleiner Kinder mochte der Jungbauer keine Frau mehr nehmen.

Da die Häuslerstochter Geld besaß, trat sie den Heimweg über Südmähren an, weil sie sich noch ein wenig die Gegend ansehen und neuen Menschen begegnen wollte.

Manchmal nächtigte sie in Scheunen, dann wieder in einer Gastwirtschaft oder Herberge. Kurz nach Znaim half sie einen Tag bei einem Weinhändler und dabei bemerkte sie, dass ihr schwindelig und schlecht wurde. Die Leistungsfähigkeit ließ ebenfalls nach.

Zwei Tage später schlief sie in einer verlassenen Hütte und wachte erst spät am Tag schweißgebadet sowie fiebernd auf. Als sie ihre Arme und Füße betrachtete, stockte ihr der Atem. Blaue Flecken und die am ganzen Körper. Schwere Müdigkeit stak in ihren Knochen. Trotzdem sprang sie von der Liegestatt, schnappte ihr Renzel und marschierte stundenlang bis in die tiefe Nacht hinein in Richtung Heimat. Am nächsten Tag stolperte sie weiter und bereits am darauffolgenden war es Gewissheit. Beulen überall.

Engelchen trug die Beulenpest in sich. Obwohl hochsommerliche Temperaturen herrschten, musste sie alles verborgen halten, damit niemand ihre Krankheit entdeckte.

Meist wanderte sie in der Abenddämmerung und oft in der Dunkelheit der Nacht. Da die Häuslerstochter nicht die Handelswege wählte, sondern im Abseits der Heimat entgegen zog, musste sie natürlich mehr Schritte tun. In der Zwischenzeit brachen die Beulen auf, Wundsekret trat aus und verbreitete einen üblen Geruch.

Sie lebte nur noch von Feldfrüchten und essbaren Dingen, die ihr die Natur so bot. Je näher sie dem Heimatort kam, umso mehr entschwand ihre Energie. Noch dazu fehlte ihr die notwendige Ortskenntnis und daher gelangte sie über einen Pfad gleich hinter Garschönthal nach Schrattenberg.

Den Ort umging sie, damit sie auf keinen Menschen traf. Völlig entkräftet taumelte sie an den Weinkellern am „Moarberg" entlang. Unerwartet drang, wie aus dem Nichts, ein Geschimpfe und Gezetere bis zu ihr. Auf dem Feld brachten Leute die Ernte ein, waren dabei so nah, dass sie ihre Erkrankung erkannten und brüllten: „Eine Pestlerin, verschwind du Beulenhex, schau, dass du weiterkommst, du Seuchenmagd!" Dazu schlugen sie mit den Werkzeugen auf die Wägen und den Boden, um zu lärmen und warfen der Armen noch Steine und Erdbrocken hinterher.

Die junge Frau begann zu laufen, so schnell sie noch konnte, stürzte jedoch immer wieder zu Boden, sodass Knie und Ellenbogen bluteten. Sie blickte nur vorwärts rannte, rannte und rannte dem Horizont entgegen, aus dem ihr die untergehende Abendsonne Licht spendete. Genau hinter diesen Hügeln, hinter dem Wald – dort war Herrnbaumgarten.

Schon lange verspürte sie gewaltigen Durst und ihre Ohren vernahmen ein rettendes Plätschern. Da musste irgendwo eine Quelle sein. Sie torkelte dahin, brach zusammen und kroch auf allen Vieren am Boden weiter.

Und wirklich. Am Fuße eines Hügels sprudelte ein Quell' aus dem Boden. Doch ihre Kräfte waren erschöpft und der Tod hauchte der jungen Frau in den Nacken. Entstellt, zerschürft, ja sterbend lag sie da und bittere Tränen ergossen sich in den Staub der Erde, weil sie es nicht geschafft hatte, noch einmal ihre Eltern und vielleicht auch den geliebten Mann zu sehen.

Die Sehnsucht nach daheim ließ sie verklärt in den roten Sonnenball blicken und eine innere Stimme flüsterte eindringlich: „Du schaffst es bis zur Quelle. Alle warten schon auf dich. Du darfst jetzt nicht aufgeben!"

Die Häuslerstochter schleppte sich bis zum Wasser, trank gleich fünf Hände voll, während ein seltsames Prickeln in sie hineinströmte. Hernach erhob sie sich und verteilte händeweise das kalte Nass auf der zerschundenen, stinkenden Haut. Die Kleider reinigte sie ebenfalls. Plötzlich überkam die Frau eine Schwäche, ihr wurde schwarz vor den Augen und sie fiel regungslos zurück ins hohe Gras.

Es war warm, es gab keine Schmerzen mehr, deshalb glaubte Engelchen in ihrer Orientierungslosigkeit, sie sei bereits im Himmel, als sie wieder erwachte.

Sie fand sich neben dem Bründl liegend und bemerkte, dass es ihr wesentlich besser ging. So beschloss sie, noch einige Tage im nahe gelegenen „Wald" zu bleiben, labte sich mehrmals täglich an dem frischen Wasser, legte die Kleider ab und wusch den ganzen Körper. Von Tag zu Tag erholte sie sich mehr und nach knapp sechs Tagen verschwand die Krankheit genau so aus ihr, wie sie gekommen war.

Sie konnte es gar nicht fassen: „Ich bin geheilt, ich bin gesund, ich, ich kann nach Haus!", jubelte die Frau fröhlich und aus ganzem Herzen.

Überglücklich eilte sie hinweg und fiel noch am selben Tag ihren Eltern um den Hals. Alle Tage hatte der Vater erwartet, dass sein Engelchen heimkehrte. Noch am Abend trat sie vor das Haus ihres Angebeteten, bat um Einlass und sprach: „Wenn du mich noch willst, dann bin ich dein. Ich will dir ein gutes Weib sein und deine Kinder so annehmen, als wären sie meine eigenen. Eine Bedingung stell' ich allerdings dafür: Ich zeig dir in Schrattenberg eine Stelle, an der du für mich eine Kapelle bauen sollst. Die Hintergründe dafür werden wir beide auf einer Urkunde niederschreiben lassen, die wir dort hinterlegen." Der Wunsch ging in Erfüllung.

# Der Braithurth-Schinder

*Mystische Geschichte aus Schrattenberg / Weinviertel*

Wenn man in jenen Oktobertagen in der „Steingrub" gleich neben dem Raistenberg stand und auf den Ort Schrattenberg hinunterblickte, dann erhielt man unvermittelt den Eindruck, der Herrgott hätte seinen rechten Fuß auf Häuser, Hütten und deren Bewohner gesetzt, um sie darunter zu zermalmen.

Während der eine Teil des Dorfes von Nebel umhüllt war, lag der andere Teil unter einer Dunstglocke aus Rauchwolken, obwohl nur wenige Hütten beheizt wurden. Die pralle Morgensonne stieg am Horizont in ein herrliches Azurblau empor und kündete damit einen schönen Tag an. Trotzdem konnte man weder Stimmen, noch das übliche Morgengezwitschere der Vögel vernehmen; lediglich ein leichter Wind säuselte in Sträuchern und Bäumen.

Schon zeitig im Frühling hatte der „Schwarze Tod" Einzug gehalten, raffte die hier Lebenden und viele der Umgebung wahllos hinweg, schlich durch die Gassen und klopfte beinahe an jede Tür. Manche flohen davon, aber der Großteil blieb zurück, denn es gab keine andere Wahl. Da man über keine wirklich wirksamen Mittel gegen die Seuche verfügte, löschte sie ganze Familien aus und räumte manche Wohnung leer.

Zuerst nahm sie dem Berdtholdt Josephus das Leben, dem folgte die Bettlerin Anna Bärgl. Dann war ein Jüngling namens Franciscus Kleindienst an der Reihe, nach welchem das Mädel Catarina Hädinger sterben musste. Zu Beginn stritt die Einwohnerschaft noch heftig hin und her, wie denn die Pest nach Schrattenberg gelangen konnte. Die einen meinten der Katzelsdorfer „Kräutlsucherin" wäre es zu verdanken, weil sie die Erkrankten mit ihren Heilsalben behandelte und von Haus zu

Haus ging und ihre Hilfe anbot. Die anderen wieder glaubten, dass sie der Herrnbaumgartner Bader von einem Krankenbesuch mitgebracht hätte und einige schrieben die Einschleppung einem Franziskanermönch, der in der Feldsberger Abtei Pestkranke pflegte und manchmal Messen in Schrattenberg zelebrierte, zu. Nach den ersten Todesfällen endete der Diskurs abrupt. Die Herrschaft stellte die Gemeinde unter Quarantäne. Kein Mensch durfte ohne Kontrolle hinaus oder hinein. Drei Pestrayonsposten richtete man ein – am „Kapaunerberg", auf der „Anhöhe nach Krut" und am „Marktweg". Den Dienst versahen Söldner des Fürsten.

Der Herrscher erließ weiters Anordnungen, die der Ausbreitung der Epidemie entgegensteuern sollten. Dort, wo neben dem Feldweg nach Feldsberg ein Quell entspringt, etwa 10 Steinwürfe davon entfernt in der Ried „Ganseln", hoben die Schrattenberger über Auftrag eine Grube aus, in der die Pesttoten zur Beisetzung gelangten.

Eine Person musste bestimmt werden, welche die Leichen zur Grabstätte brachte. Das Kalken der Leichname zählte ebenfalls zu den Pflichten. Die Nachtwächter hatten zweimal innerhalb von sieben Tagen an großen Wegkreuzungen in der Ortschaft Lagerfeuer zu entzünden, um die Luft zu reinigen und mittels Essig war alles zu säubern. Das ehemals so üppige Dorfleben kam zum Erliegen. Argwohn, Neid, Angst und Misstrauen machten sich breit und nahmen von den Menschen Besitz. Dazu mischte sich eine gehörige Portion Mut- und Hoffnungslosigkeit. Man ging einander aus dem Weg und verständigte sich nur durch Zurufe über weite Strecken. Oft präsentierte sich das Dorf wie ausgestorben. Viele Hütten trugen ein weißes Kreuz. Pfarrer Johann Häberl, ein besonders frommer Mann, hielt aus Furcht keine Messe mehr ab und mied den Weg unter das Volk. Täglich flehte er inbrünstig im Kirchl oder Pfarrhäusl zu Christus, er möge das Unheil doch bald abwenden.

Das äußerst gütige Fürstenpaar wies in dieser Not die Feldsberger Hofverwaltung an, Hilfslieferungen in die Dörfer zu senden, um das Elend des Volkes zu mildern und die Genesung Erkrankter zu fördern. Einmal in der Woch' kamen Pferdefuhrwerke, und Knechte entluden die Säcke mit Fleisch, Brot, Obst und Gemüse. Fässer mit Wein- und Kräuteressig stellten sie ebenfalls ab, um sich danach eilends wieder aus dem Staub zu machen.

Aus allen Richtungen kamen die Bedrückten einzeln, tauchten ihre Hände ordnungsgemäß in einen Büttel voll Kräuteressig und nahmen, was gestattet war; und wehe, einer hätte sich mehr gegönnt.

Diese schreckliche Zeit des Dahinvegetierens unterbrach der Taglöhner Stephan Braithurth, wenn er singend auf seinem Wagen durch die Straßen ratterte. Die Eltern des Stephan waren ihm früh weggestorben und so kam er als Zögling zu seinem Oheim. Weil er aber mit einem kürzeren Füßchen das Licht der Welt erblickt hatte und dadurch hinkte, sorgte sich seine Ziehmutter meist inniger um ihn, als um ihre eigenen Kinder. So wuchs er zu einem jungen, hübschen Mann heran. Zum Ausgleich für seine Behinderung schenkte ihm der Allmächtige Bärenkräfte und einen gesunden Humor. Zudem legte er dem Steffl noch eine besondere Gabe in die Wiege. Der Kerl besaß eine Stimme, mit der er die Tonleiter nur so rauf und runter singen konnte, ohne Ahnung von einer Notenlehre. Gleich klang er wie ein Reibeisen oder ein Brummbär, um im nächsten Moment die Herzen der Menschen mit hohen Tönen dahinschmelzen zu lassen. Der Braithurth dichtete sich Texte zusammen und vertonte sie mit seiner eigenen Melodie. Die Bauern nahmen ihn daher gern in den Taglohn, da er mit seinen gesungenen G'stanzln die Arbeit leichter von der Hand gehen ließ. Bei der Rast schnappte er sich die Kinder und tollte mit ihnen umher. In der ganzen Ried konnte man seine Lieder hören und nicht selten horchten die arbeitenden Leut' zu und vergaßen auf ihr Tagewerk. Jung und Alt mochte den Stephan gern.

Dass 1723 das Jahr des Stephan Braithurth werden sollte, dachte zu Jahresbeginn keiner. Der Steffl besaß ein kleines Anwesen im oberen Ort Richtung „Tennau", in dem er neben der Ziege „Rosa" zusätzlich zwei Schweine hielt. Eine alte Stute, die „Mirzl", der der Pflug schon zu schwer schien, nannte er gleichfalls sein Eigentum.

Eines Morgens schlug der Ortsrichter, der Matthias Scharber, an seine Hüttentür und teilte ihm mit: „He, Steffl, ab heute bist du zum Schinder ernannt und führst mit deinem Ross und Wagen die toten Pestler in die Grub'n. Kriegs't 15 Kreuzer für die Fuhr! 9 zahlt der Fürst, 4 der Mayrhoff und 2 zahlen wir. Wenn du dich weigerst, dann melde ich dich beim Truchsessen! Hörst du vor deinem Haus den Nachtwächter dreimal ins Horn blasen, dann hast du einen Toten zu holen und einzuscher'n!" Als der Stephan aus dem Bett gesprungen und das Türl geöffnet hatte, konnte er den Scharber nicht mehr sehen. Ablehnen durfte er nicht, denn der Truchsess war ein gestrenger Mann ohne Gnade. Mit dem mochte er sich nicht anlegen.

Ab diesem Tag riefen ihn die Leute mit „Braithurth-Schinder" und wenn einer schlechter Laune war, hieß er ihn auch gleich „Pest-Steffl". Das berührte den Stephan überhaupt nicht. Im Gegenteil. Für die Bestattung zimmerte er sich ein eigenes Ritual zurecht, denn eine Vorschrift bestand für den Schinder ja nicht. Musste er ein Pestopfer transportieren, führte ihn die Mirzl vorerst zum Mayrhoff. Dort bestreute der „Pest-Steffl" die Ladefläche mit Binsenstroh, denn die Verstorbenen sollten auf ihrer letzten Fahrt äußerst weich gebettet sein. Am Wagenende hing eine Laterne mit einer brennenden Kerze darin. Der Steffl hielt an, eilte in die bezeichnete Hütte und trug den Dahingerafften von seiner Liegestatt auf den Wagen. Beim Abfahren schnalzte er stets zweimal mit der Peitsche, und sobald sich das Fuhrwerk in Bewegung setzte, trällerte er fortwährend das gleiche Liedchen, jedoch beinahe bei jeder Fahrt mit einer anderen Melodie, ähnlich einem Bänkelsänger:

„Da foahrt der „Schinder-Hurth", bringt eich die Toten furt. Ich werd' es eich gleich sog'n, der Kerner Martin liegt auf'm Wog'n. Ob Weiber, Männer, Madel'n, Bua'm, alle leg i's in die Gruab'n. Durt lingan's jetzta nemanaund, bis aufe geht ins Himmöslaund. Und waun's im Leb'n woar'n greßte Feind, im Ganslloch, do san's vereint. Zum Schluss deck's i mit Erd'n zua und winsch ehna die ew'ge Ruah!"

Durch die ständige Wiederholung des Textes erfuhren die Einwohner, wen er jetzt zur Grube geleitete und oft bekam man erst durch den Braithurthgesang Kenntnis davon, dass ein guter Bekannter oder gar ein naher Verwandter der Beulenpest zum Opfer gefallen war. Bei seiner kleinen Reise drängte sich dem Stephan immer dieser seltsame Geruch auf; eine Mischung aus Rauch und säuerlichen Dämpfen. Kam er an der Quelle vorbei, stand oftmals der Kocher Matthias da, dessen Vater Halter im Mayrhoff war, während seine schwache Mutter dauernd kränkelte. Der Matthes, ein 13-jähriger Spund, bewunderte den Steffl und hing an ihm, wie an einem großen Bruder.

Das wusste der Stephan und nahm ihn deshalb meist mit zur Grabstätte. Der Braithurth warf die Toten aber nicht etwa in das Loch, sondern trug sie sorgsam über einen Steig in die Grube hinab und legte sie zu Boden. Hernach kniete er nieder, schlug das Leinen vom Gesicht und malte dem Leichnam ein kleines Kreuz mit den Worten „Der Herr sei deiner Seele gnädig" auf die Stirn, legte das Tuch über das Antlitz zurück, überkalkte den ganzen Körper und begann ihn mit Erde zu bedecken. Danach streute er das Stroh mit einer Gabel über die Grabstelle und entzündete es. „Warum zeichnest du den Leichen das Kreuz auf die Stirn?", erkundigte sich der Matthias einmal neugierig. Der Steffl blieb die Antwort nicht schuldig: „Der Pfarrer greift die Pesttoten nicht an, er kommt auch nicht in die Hütten, der hat Schiss, dass er die Beulen kriegt. Deshalb erhalten die Verstorbenen keinen letzten Segen. Jetzt mach ich das. Vor dem da oben sind wir alle gleich. Hauptsache ist, dass es einer macht!"

Der Kocherbub war so beeindruckt von der Aussage und er sprach ganz fest zum Stephan: „Bist ein guter Kerl, dafür allein kommst du schon in den Himmel!"

Bei der Zufahrt lag eine Holztafel, in die kerbte der Braithurth mangels Schreib- und Lesekenntnissen Symbole für die Beerdigten ein. Einen senkrechten Strich mit einem Querstrich für ein Mädchen, für eine Frau einen senkrechten mit zwei Querstrichen, für einen Jungen zwei senkrechte und einen Querstrich und für den Mann zwei senkrechte und zwei Querstriche. So war er in der Lage, die Zahl der Beigesetzten abzulesen.

Während der Rückfahrt rieben sich die beiden die Hände mit Weinessig ab, machten allemal Halt beim Bründl und wuschen sich ordentlich Hände und Gesicht mit dem eiskalten Wasser. Der Bub sprang vom Fuhrwerk, denn nun führte der Schinder seine „Mirzl" nach Hause, um wieder dem Tagewerk nachzugehen.

Nicht immer fiel dem „Braithurth-Schinder" die Aufgabe leicht. Als die Krankheit den kleinen Sohn seines Vettern aus dem Leben nahm, unterbrach das „Braithurthgsangl" immer wieder ein lautes Schluchzen, in diesem Fall gelang es dem Steffl nicht, sich zu beherrschen. Im September kam eine ganz schlimme Fuhre auf ihn zu. Die Magdalena Drey, ein bildsauberes Mädchen, 17 Jahre alt, erkrankte an der Seuche und ging binnen weniger Tage aus dem Leben.

Irgendwie war die gesamte Ortschaft betroffen, da die Burschen sie wegen ihrer betörenden Schönheit verehrten. Ihre Mutter, die Apollonia, schrie drei Tage lang voll Schmerz; es wurde ihr das einzige Kind, ihr ganzer Stolz, entrissen. Seitdem sprach sie kein Wort mehr und wandelte stumm durchs Leben.

Der Steffl hatte auch zu Magdas geheimen Verehrern gehört, deshalb nahm er ihren Körper so zart in seine Arme, dass man meinte, der sei aus Glas. Ganz vorsichtig bettete er die Tote im Wagen und fuhr so langsam zur Schinderstätte wie niemals zuvor. Mit schlotternden Knien brachte er die Leiche in die Grube, schlug das Tüchl vom Kopf und betrachtete das Mädchen. „Schön wie die Mutter Gottes selbst bist du", flüsterte er. „Ich war verliebt in dich, hab oft von dir geträumt, aber mit meiner kurzen Haxen wär' ich ohnedies nichts für dich gewesen!", stotterte er weiter.

Hernach bekreuzigte er sie, bedeckte das Gesicht, kalkte nur den Körper, den Kopf verschonte er und überschüttete die Tote mit Erde. Als das Stroh brannte, stand er singend vor ihrer Ruhestätte: „In dich war ich so sehr verliebt, schade, dass es dich nicht mehr gibt!" Betrübt stieg der Stephan auf und fuhr davon.

Der Oktober ging seinem Ende zu und man rief den Schinder zur Abholung der Maria Pöm aus einer großen Hütte in der „Burg". Durch die Pest war sie dem Tod in die Hände gelegt worden. Heute sang der Stephan etwas fröhlicher und wesentlich lauter als sonst, dafür jedoch manchmal absichtlich falsch, damit die Leute etwas zu lachen hatten. Ausnahmsweise traten sogar manche vor die Hütten, um an der Fröhlichkeit teilhaben zu können.

Auch diesmal kletterte der Kocherjunge auf das Fuhrwerk und die Mirzl zog der Schindergrube entgegen. Schon von weitem sahen sie mitten am Wege einen Mann stehen, welcher einen schwarzen Dreieckshut und einen Umhang trug. Das war die Kleidung der Verwalter aus dem Feldsberger Schloss und der Dreieckshut das Kennzeichen des Truchsessen.

„Was will denn der Truchsess da, hat er keine Furcht vor der Ansteckung, habe ich irgendetwas falsch gemacht, hat mich jemand verpfiffen?", rätselte der Steffl herum. „Ich glaube du fürchtest dich ein wenig vor dem Herrn", meinte der Matthias. Kurz vor dem Beamten hielt der Stephan den Einspänner an. „Steig ab, komm her, ich hab mit dir ein ernstes Wort zu reden" ertönte es im Befehlston.

„Du bleibst da und machst keinen Muckser", lispelte der Steffl dem Matthias zu. Der Schinder glitt vom Wagen und trat vor den Herrn: „Was wollt Ihr Herr, habe ich gefehlt?" Indes erhob der Geselle sein Haupt und dem Steffl lief es kalt über den Buckel, als er in die eiskalten Augen sah. Der Fremde hatte Pestbeulen an den Wangen und Händen, die einen langen Wanderstab hielten. Aus der Nase tropften Blut und

Wundsekret. Dass dieser Mensch die Pest in sich trug, war augenscheinlich, aber der Truchsess sah anders aus. Nun fuhr ihn dieses, nach allen möglichen Krankheiten stinkende Individuum schroff an: „Hör auf mit deinem Schindergesangel, das geht mir schon derart auf die Nerven, dass ich es nicht mehr hören mag. Lass das Herumgetue mit den Verstorbenen, das macht sie nicht mehr lebendig. Wirf sie in die Grube, scharre sie ein und Schluss. Hast du denn gar keine Achtung!"

Der Stephan begann sich maßlos zu ärgern und er erwiderte sehr laut und bestimmt: „Ich, keine Achtung vor den Toten. Oh doch, mein Herr. Bei den Adeligen und den feinen Damen und Herrn wird bei einem Todesfall sehr viel Tamtam gemacht. Da spielt die Musik und Mönche singen dazu. Aber die kleinen Leut' dürfen das nicht haben. Bei Unsereinem wäre das respektlos? Lieber Herr, gehen Sie hin zur feinen Gesellschaft und stellen Sie das dort ab, dann will ich auch aufhören meinen Tamtam fortzuführen."

Da fiel dem schwarzen Mann die Gesichtshaut ab, aus seinem Kopf trat ein Totenschädel, die Finger wurden knöchern und der Wanderstock verwandelte sich in eine Sense.

Jetzt wusste der Braithurth-Schinder, wer ihm da gegenüberstand. Sogleich forderte ihn der Tod höhnisch lachend auf: „Na, du wirst mir jetzt gehorchen oder muss ich …" Und das Gerippe erhob die Sense, um auszuholen. In diesem Augenblick zischte der Schinder den Knochenmann zornerfüllt an: „Ich habe keine Furcht vor dir! Seit dem Frühjahr habe ich dir so oft in die Augen gesehen, du kannst mir keine Angst machen. Bevor du mir das Leben nimmst, will ich dir eins sagen, weil wir von der Achtung sprachen. Wenn du so weitermachst, wird dich der Herrgott bald an die Leine nehmen, mein Freund, denn du hast schon genug kleine Leute ins Grab gezerrt. Die Schuld ist getilgt. Nun gehe hin zu den Grafen, Fürsten, Herzögen, Königen und Kaisern und mähe dort. Solltest du die alle nämlich am Leben lassen, dann müssen wir einfachen Menschen, von denen du so viele unter die Erde geschleppt hast, in Zukunft die dreifache Arbeit leisten.

Und jetzt verschwinde, geh mir aus dem Weg, sodass ich die arme Pöm Mariel beerdigen kann, wie sich's gehört und mit meinem Tamtam!" Dann lief er zum Wagen, sprang auf und trieb die „Mirzl" derart an, weil er Gevatter Tod einfach niederfahren wollte. Der hatte sich jedoch in Luft aufgelöst.

Den vor Schreck erstarrten Matthias nahm er vom Sitz und heute durfte er dem Steffel bei der Beisetzung das erste Mal helfen.

Nachdem er den Kocherbuben bei der Quelle abgesetzt hatte, musste die „Mirzl" zum Fürstenweg ziehen, da der Stephan bei der Bergwirtin, der Höss Kathl, einzukehren gedachte. Das ganze Jahr trank er eigentlich Milch, Most oder Quellwasser, aber an diesem Tag musste es Wein sein. Als er eintrat, erschrak die Kathl kurz. Eigentlich wollte sie mit dem Schinder nicht in Berührung kommen. Plötzlich fiel ihr wieder ein, wie liebevoll er ihren, an der Pest verblichenen Mann abgeholt hatte und ließ in gewähren, war er ja der einzige

Gast seit Wochen. Den Krug Rotwein leerte er im Nu. „Dem hab ich's gegeben, meine Meinung gesagt, der hat genug von Schrattenberg, die Pest bringt der nie wieder", sagte er immer wiederkehrend, so laut er konnte, vor sich hin, „der Tod, der falsche Hund. Und wie er sich verstellt' hat, der Gesell! Jetzt wird Ruhe sein mit der Seuche. Den habe ich vertrieben."

Vor Müdigkeit legte er seinen Kopf auf den Tisch und schlief ein.

Der Steffl hatte nie darüber gesprochen, jedoch der Kocher Matthias konnte dieses Erlebnis nicht für sich behalten und erzählte es weiter.

Aus diesem Grund wissen wir, dass der „Braithurth-Schinder" den Pesttod aus Schrattenberg gejagt hat.

Die Erkrankten gesundeten bald und seither war kein weiterer Pesttoter mehr zu beklagen gewesen.

# Raubüberfall am Marktweg

*Dramatische Erzählung aus Schrattenberg/Weinviertel*

Endlich kam der Frühling, endlich. Der Winter war für die Schrattenberger frostig, schneereich und lang gewesen. Obwohl es in der Nacht immer noch sehr kühl war, brachten die Sonnenstrahlen schon eine kräftige Wärme in den Tag. Der Schnee schmolz rasch weg, der Boden trocknete schnell auf und nun konnten die Bauern hinaus in Felder, Wiesen und Weingärten. Die kalte Jahreszeit dauerte meist bis Ende März, deshalb sehnten sich die Menschen schon so sehr nach Blüten und dem Geruch des erwachenden Frühjahres. Die ersten schönen Tage lockten die Bewohner auf die Straßen, um zu plaudern und Vorbereitungen für die Feldarbeit zu treffen.

Am östlichen Ortsende führt ein Hohlweg leicht bergauf, über den man in die nahe Stadt Feldsberg gelangt. Dort hält man jeden Freitag Markt. Weil viele Schrattenberger über diesen Weg zum Markt pilgern, nennt man ihn Marktweg. Leute aus der gesamten Umgebung treffen am Feldsberger Hauptplatz zusammen, um ihre Waren und Produkte anzupreisen, zu verkaufen oder einzutauschen. Ein Schmied stellt Waffen her, die er anbietet und gleich bei der Einfahrt finden sich zwei Tuchhändler aus Nikolsburg. Im Zentrum sind die bäuerlichen Stände aufgebaut. Ein Viehhändler aus Lundenburg macht sich lautstark bemerkbar und es gibt die besten Weine zu erstehen.

Besonders gerne kaufen die Marktbesucher Geräuchertes, Fleisch, Schmalz, Grammeln und anderes vom Fleischhauer Antonius Langer aus Schrattenberg. Der Langer ist ein angesehener Mann im Ort und in den umliegenden Dörfern, in welche er ebenfalls liefert, sehr bekannt.

Der Anton kennt keine Neider, denn er zahlt gut und bei ärmlichen Leutchen legt er schon mal den einen oder anderen Kreuzer drauf oder gibt einen überhöhten Preis. Da der „Herr Langer" sein Geschäft tatsächlich gut versteht, meint man er müsse bereits einen Haufen Geld unter dem Kopfkissen versteckt haben. Der Fleischer hingegen ist ein gottesfürchtiger Mann und bekreuzigt sich stets, wenn er mit seinem Zweispänner an einem Wegkreuz oder Marterl vorbeikommt. Sonntags, in der Kirch' schämt sich der brave Mann oft unbemerkt vor dem Herrgott, weil es seiner Familie an nichts fehlt und es doch so manche Bedürftige im Dorfe gibt. Deshalb steckt er immer gleich 2 Gulden in den Klingelbeutel um seine Seele zu beruhigen.

Am 22. April 1741 bricht der Fleischhauer schon frühmorgens mit einem mehr als voll beladenen Wagen in die Nachbarstadt auf, denn es ist Markttag und der fürstliche Verwalter hat sich zum Einkauf angesagt. Das bedeutet für ihn stets ein wohltuendes Geklingel in der Geldkasse und an solchen Tagen fährt er meist ausverkauft heim. Die Pferde kennen den Pfad blindlings und daher gönnt sich der Langer ein ordentliches Nickerchen bis zum Stadttor.

Der Verkauf läuft tatsächlich so gut wie nie zuvor, bald kann er nichts mehr anbieten und der Anton ist gezwungen sein Zelt schon sehr früh abzubrechen.

Auf der Heimreise pfeift der Fleischer immer seine Lieblingsmelodie, zu der er mit seinem Eheweib der Elisabeth, im Feldsberger Schloss getanzt hat, als ihnen einmal eine Einladung der Herrschaften zuteil geworden war. Dabei überlegt er, welche Arbeiten an diesem Tag noch erledigt werden könnten.

Das Fuhrwerk ist noch eine gute Wegstrecke vom Hohlweg entfernt, als er in der Gstett'n, die den Fahrweg säumt, zwei Männer von kräftiger Statur liegen sieht, die zu schlafen scheinen. Der Anton hält das Gespann an, steigt vom Wagen und prüft zum Schein die Zügel, die Fesseln der Pferde und die Räder. Dabei nimmt er die Burschen ganz genau aufs

Korn. Ihm fällt ein, dass in letzter Zeit sehr oft die Rede von herumstreunenden Wegelagerern gewesen ist und die Sache gefällt ihm gar nicht. Er greift unter den Sitz und legt sich, ehe er weiterfährt, zwei große Fleischmesser zwischen die Füße.

Etwas aufgeregt setzt er seine Fahrt fort. Plötzlich erheben sich die Gestalten und der Langer erkennt die beiden. Jeder trägt einen Hut und einen leichten Mantel, sowie Soldatenstiefel. Im ersten Moment glaubt der Anton, es seien unter Umständen Deserteure. Danach fällt es ihm aber wie Schuppen von den Augen: „Diese Männer kenne ich vom Marktplatz. Ich habe sie dort in letzter Zeit öfters gesehen und sie sind auch hin und wieder um meinen Stand geschlichen. Ja, ja, jetzt weiß ich es genau, die habe ich doch vorige Woche vor meinem Haus in Schrattenberg und anschießend beim Bergwirten gesehen. Das geht nicht mit rechten Dingen zu!" Während er langsam an den Gesellen vorbeifährt, nimmt er die Riemen in die eine Hand, die andere langt griffbereit zu seinen Beinen.

Die Männer jedoch verneigen sich vor ihm und grüßen ihn freundlich mit den Worten: „Guten Tag, mein Herr, guten Tag, Herr Langer aus Schrattenberg!" Sein Körper ist angespannt, wie der eines Bären vor dem Angriff und er dankt mit einem deutlichen Kopfnicken, kann aber mit deren Geste nichts anfangen. Das Fuhrwerk hat die Begegnung nun hinter sich, dem Langer kribbelt es seltsam im Rücken und es ist ihm klar, dass er jetzt verdammt vorsichtig sein muss. Darum blickt sich der Anton in kurzen Abständen unmerklich um, beobachtet dabei die zurückgelegte Wegstrecke mit zugekniffenen Augen, als der Wagen jäh angehalten wird.

Vor dem Gespann steht einer, ebenfalls groß und breit gebaut, mit einem schwarzen Bärtchen im Gesicht und kahlgeschorenem Kopf. Er hält einen Dolch in Händen. Und wie aus dem Nichts springen auf einmal die beiden anderen aus dem Weingarten des Georgius Kruj auf den Wagen. Gleichzeitig brüllen alle drei: „Dein Geld, Langer, dein Geld wollen wir! Her damit, sonst setzt's was!" Als der Langer schnell ein Messer packen will, trifft ihn ein Prügelschlag in den Nacken und er stürzt vornüber und steckt zwischen Wagen und Rössern fest. Sofort schnappen die Räuber die Geldkasse unter dem Sitz, brechen sie mit einem Eisenstück auf und leeren den Inhalt in mitgebrachte Säckchen.

In der Zwischenzeit hat sich der Langer befreit, hüpft mit einem Riesensatz auf das Fuhrwerk und tritt den ersten Gesellen vom Wagen. Dem zweiten Wegelagerer verpasst er zwei Fausthiebe in den Bauch sowie einen Schlag auf den Kopf, denn der Fleischer verfügt ebenfalls über ordentliche Körperkraft und vor allem fürchtet er das Blut nicht. Im Nu verspürt der Anton jedoch einen außerordentlichen Schmerz im Oberschenkel. Der dritte Bandit hatte ihm den Dolch in das rechte Bein gerammt.

Darauf erhält er drei schwere Hiebe direkt ins Gesicht und er hört sein Nasenbein brechen. Wie vom Blitz getroffen wendet er sich um, greift sich eines seiner „Schlachtmesser", wirft sich mit aller Anstrengung auf einen der Räuber und durchbohrt ihm damit die linke Schulter. Jetzt aber erhält er einen harten Treffer mit einem schweren Prügel gegen sein linkes Bein und es ist ihm, als würden alle Knochen darin zersplittern. Der nächste Hieb geht gegen seine Wirbelsäule und schmettert den tapferen Mann zu Boden. Die Wegelagerer brüllen in ihrer Raserei durcheinander und er kann einen mit den Geldsäcken fliehen sehen.

Nun packt ihn der Größte von rückwärts, hält ihm die Arme weit zurück, während der kleinere einen wuchtigen Schlag gegen seinen Brustkorb vollführt. Dem Langer bleibt die Luft weg, er kann die gebrochenen Rippen fühlen, spuckt Blut aus dem Mund und bricht zusammen. Danach hört er die Banditen rufen: „Lass't uns verschwinden, der ist hin!"

Auf dem Wegrand liegt seine Peitsche. Zu der schleppt sich der Anton mit letzter Kraft, schnalzt damit auf die Rosse ein, worauf diese losgaloppieren. „Heilige Jungfrau Mutter Gottes, steh mir bei!", stöhnt er dann laut. Ihn überkommt ein Schwindel und es wird ihm dunkel vor seinen Augen.

Sie hatte ihn erhört. Gleich neben dem Unglücksort mündet ein Nebenweg in den Marktweg und über diesen führt der Zufall wenige Minuten später zwei pilgernde Männer und eine Frau, die nach Eisgrub wollen. Als der Fleischer Stimmen vernimmt, ruft er laut um Hilfe. Die Fremden entdecken den Unglückseligen, verbinden seine Wunden soweit als möglich und legen ihn auf ihren großen Handwagen.

Der Verletzte schildert ihnen den Überfall so gut es geht, beschreibt die Verbrecher und erklärt, dass er sich zur Wehr gesetzt hat, die ihm aber überlegen gewesen sind und ihn so zugerichtet haben. Er bemerkt weiters, dass sie ihn seines Geldes wegen überfallen haben. Die Pilger ziehen den Wagen zum Haus der Barmherzigen Brüder in Feldsberg, als wäre der Teufel hinter ihnen her.

Das herrenlos galoppierende Gespann rast mit einem Höllentempo in den Ort. Spielende Kinder müssen zur Seite fliehen, um nicht überfahren zu werden und die hinterher eilenden Männer sind nicht in der Lage das Fuhrwerk anzuhalten, bis es schlussendlich vor der Fleischerei Langer anhält.

Die Langerin, die Elisabeth, stürzt sofort aus dem Haus und schreit voller Verzweiflung um sich: „Wo ist denn mein Mann, wo ist denn der Anton, wo ist denn der Anton, da muss etwas passiert sein, es muss ihm etwas geschehen sein, auf dem Wagen ist so viel Blut, da ist soviel Blut! Ist denn niemand da, der uns helfen will, gibt es denn keinen, der mir hilft?"

Sogleich eilen zwei beherzte Männer herbei und helfen ihrem Sohn, dem Johannes Georg, die dampfenden Pferde vor den leichten Wagen zu spannen. Mutter und Sohn sitzen auf und treiben die Rösser in Richtung Marktweg.

Die Mönche heben den schwerverletzten Fleischhauer behutsam hoch, tragen ihn in den Pflegeraum und rufen Bruder Jakob herbei, der sich auf Wundheilung und etwas Chirurgie versteht. Stillschweigend, jedoch behände reinigt der Mitbruder die Wunden mit allerlei Tinkturen, legt Salben auf und verbindet. Hernach stützt er das völlig blaue, gebrochene Bein mit einer kleinen Schiene.

Einen Augenblick später öffnet sich die Tür und der Abt tritt mit einigen Mönchen ein. Unter ihnen ist Bruder Michael, der den Langer sofort erkennt, zu ihm tritt und seinen rechten Arm unter den Kopf des Sterbenden legt. Die Glaubensmänner sprechen ein monotones Gebet und der Fleischhauer erhält das Sterbesakrament. Der Anton spricht kein Wort. Nur wenn man seine Brust berührt, jammert er vor Schmerz. Der Tod ist nahe und der Fleischhauer fühlt, dass seine letzte Stunde gekommen ist.

Mit einem Ruck setzt er sich unerwartet hoch, gestützt von zwei Mönchen. Laut und deutlich gibt er jetzt von sich: „Ich habe im Leben wahrscheinlich oft gefehlt. Habe das Evangelium, in dem es heißt – eher geht ein Kamel durch ein Nadelöhr, als dass ein Reicher in den Himmel kommt – oft genug gehört und nichts getan, deshalb ordne ich an, dass an der Stelle, an der man mich fand, eine Kapelle errichtet werden soll, welche der „Heiligen Familie" zu weihen ist."

Darauf sinkt er kurz zurück, um sich gleich wieder aufzurichten. Er sieht sich im Raum um und flüstert mit hörbarer

Stimme: „Meinem Eheweib sagt bitte, dass ich sie liebe und dass sie mir immer eine gute Frau gewesen ist. Die Kinder sollen sich um alles andere kümmern!" Danach empfiehlt er sich der Mutter des Herrn und fällt tot in die Arme der Brüder. Die Langerin und ihr Sohn kommen zu spät.

Zwei Monate später begann man mit dem Bau der Gedenkstätte, die man „Jesus, Maria und Josephkapelle" nannte.

Heute bezeichnet man sie als „Markuskapelle", zu der die Bewohner der Gemeinde Schrattenberg zum Namensfest des Hl. Markus eine Bittprozession führt.

# Sie sterben wie die Fliegen

*Erzählung aus Schrattenberg / Weinviertel*

Als kleinen Jungen nahmen ihn seine Eltern bereits mit auf die Wallfahrt nach Zistersdorf. Dorthin ziehen die Schrattenberger seit den verheerenden Pestjahren einmal jährlich im Monat Mai, um den Schutz und den Segen der Gottesmutter zu erbitten. Von dieser Pilgerfahrt überbringen sie den Daheimgebliebenen bis heute „an schein Gruaß von da liab'n Frau", womit sie einen Segensgruß der Hl. Maria meinen.

Bald nahm der Berthold Gottfried aber schon ohne Begleitung an der Pilgerfahrt teil, die in Böhmischkrut bei einem Wirtshaus traditionell Rast hielt. In der Zwischenzeit war er zu einem stattlichen Burschen herangewachsen und begegnete dort der bildhübschen Kellnerin Josefa, in die er sich sofort Hals über Kopf verliebte. Und seine Zuneigung ward erwidert. An Sonn- und Feiertagen oder sowie es die Arbeit erlaubte, eilte er zu seiner Liebsten, bis er sie im Jahr 1827 endlich zum Traualtar führen durfte. An dieser Stelle sei bemerkt, dass, wenn einer mit 19 Lebensjahren heiratete und ab da seinen eigenen Betrieb lenkte, er schon zu den Tüchtigsten des Dorfes zählen musste.

Die beiden jungen Leute waren schön von Gestalt mit wunderbaren Gesichtszügen und man meinte neidisch, sie hätten das Glück gepachtet. Kurz nach der Hochzeit flüsterte die Josefa ihrem Gottfried des Nachts ins Ohr: „Du, i muass da wos sog'n. I kriag a Kind! G'freist di?" Der Friedl hüpfte wie verrückt aus dem Bett und tanzte voller Freude gleich einer Ballerina um den Tisch, dass sich die Josefa vor Lachen nicht mehr halten konnte. Im folgenden Jahr gebar sie ihm einen Josef. Alles lief wie geschmiert.

Die „Sefal" war gerade mit ihrem zweiten Kind hochschwanger, als die Todesnachricht von ihrem Bruder eintraf. Überraschenderweise war die Mitteilung kurz und etwas befremdend, weil die Beerdigung bereits in zwei Tagen stattfände und es keineswegs notwendig sei, dass sie zum Begräbnis kämen. Aus diesem Grund schlug der Gottfried vor, nur allein zu reisen, denn mit dem Pepperl und in ihrem Zustand wäre es ohnedies besser daheim zu bleiben.

Die Josefa war mehr als betrübt und flehte den Friedl an, er solle doch auch zu Hause verweilen, denn irgendetwas Schreckliches musste da passiert sein. Der Berthold ließ sich nicht davon abbringen und fuhr trotzdem los, denn zumindest einer von ihnen sollte dem Schwager die letzte Ehre erweisen.

Beim Haus der Schwiegereltern wollte man ihn gleich gar nicht empfangen. Schließlich ließ man ihn ein, aber keiner suchte Kontakt zu ihm. Man sprach ihn weder an, noch bot man ihm einen Platz oder etwa zu essen oder zu trinken an, wie das eigentlich ja sonst so üblich war. Völlig erbost fauchte der Gottfried die Versammelten an: „Jo, wos is denn eigentlich los, wos hobt's denn geg'n uns, mia haum eich doch nix daun, dass me so empfaungt's?" Es herrschte betretenes Schweigen, bis sich seine Schwiegermutter ein Herz nahm und schluchzend erklärte: „Mia haum an Choleratot'n, verstehs't, Friedl? An Choleratotn und du kimms't daher, obwohl ma g'sogt haum: Bleibt's dahoam! Di Sefal is schwaunga und der kloane Peppal – stöll da ner vor, du brings't de Kraunkhat mit. Desweg'n wöll ma eing net do haum. I bitt di, foahr hoam!"

Der Berthold zitterte vor Schreck, wurde kreidebleich und musste sich hinsetzen.

Obwohl schwere Sorgen seine Gedanken quälten, ging er der Truhe hinterher, warf eine Handvoll Erde in das Grab, verabschiedete sich aus der Ferne von seinen Verwandten und trieb die Pferde nach Schrattenberg.

Während der Fahrt beschloss er, seiner Frau nicht die Wahrheit zu sagen und erklärte ihr einfach, die Todesursache sei ein Herzstillstand gewesen. Aber seine seltsame Betroffenheit entging der Josefa nicht. Um gar keinen Verdacht aufkommen zu lassen, erledigte er sein Tagewerk so, als sei nichts gewesen. Drei Wochen verstrichen vom Tag der Beisetzung gerechnet, in denen der Bertl ständig in seinen Körper hineinhorchte und meinte, die Gefahr sei vorbei. Aber nein!

Am zweiten August des Jahres 1832 erbrach er das gesamte Frühstück. Dem folgte ein Durchfall, welcher ihm Bauchschmerzen bescherte, dass er glaubte, er müsste sofort hinübergehen.

Fünf Tage hintereinander gelang es ihm, die Erkrankung vor seiner Frau geheim zu halten. Gewaltige Schwächeanfälle stellten sich ein, die seine „Sefal" sofort bemerkte. Er war gezwungen sein Leiden zu erörtern, erklärte nebenbei, dass er nicht wüsste, welche Krankheit ihn da erwischt hätte und seine Frau glaubte ihm.

Sein Zustand verschlechterte sich rapide, und als er am 9. August erwachte, stand sein Weib mit sorgenvoller, vorwurfsvoller Miene vor ihm: „Bertl, Bertl, wos war mit mein Bruada? Aun wos is der g'storbn? D'Leit sog'n in Böhmischkrut geht de Cholera um. Er soll a Choleraopfer sein und du woarst aum Begräbnis und häst de Kraunkhat noch Schrattenberg brocht! Die Nagel Resl auf 68, da Behm Egidy auf 46, da Fradl Mots auf 64 und da Fuchs Lenz auf 58 haum's selbe wie du. Aungeblich san no a poar kraunk. Sog ma die Woahrheit, bitte!"

Er blickte ihr lange wortlos in die Augen, wonach er sie hilflos anflehte: „Sefal, Sefal, bitte, hülf ma, bitte, hülf ma. Es is ois woahr, was g'sogt wird. Ich glaub, dass i a de Seich hob!" Mit einem entsetzlichen Schrei fuhr sie vom Bett hoch, verließ das Haus, um zum Doktor zu eilen, der ihr aus Quarantänegründen weder helfen wollte noch konnte. Sie erhielt nur eine Menge guter Empfehlungen, die anzuwenden waren.

Von Tag zu Tag stieg die Zahl der Erkrankten weiter an. Die beiden Binder Leut' auf 241 waren ganz schlecht, bei der Familie Nitsch im Haus 74 kam es sehr schlimm und bitter ging's auch beim Nagel Lorenz auf 216 zu.

Der Prior, Pater Dermatius der Barmherzigen Brüder in Feldsberg, entsandte zwei Mönche, davon Pater Alphons, einen äußerst geschickten Pfleger, zur Unterstützung des Chirurgen Karl Weiß. Die Aufgabe war die Ausbreitung der Krankheit zu verhindern, Desinfektion von Räumen, in welchen man die Erreger vermutete, und Beistand bei der Krankenpflege.

Der Berthold Gottfried verfiel zunehmends und hatte den Kampf gegen die Cholera bereits verloren. Am Morgen des 18. August 1832 erwachte er völlig abgemagert, spindeldürr und voller Schweiß im Gesicht. Die Josefa saß am Bettrand und hielt ihm ängstlich die Hände. Mit umherirrenden Augen sprach er voller Unruhe: „Sefal, i hob wos gaunz wos Schiachs dramt! I bin aum Friedhof mit ana Latern gaunga und glei hinta mia a Leichenzug, de Choleratoten. Von Grob zu Grob hob i gehn miassn und in jed's is oana einegstieg'n, hot me aungschaut und me gfrogt, woarum i se unter d' Erd brocht hob. Aun meiner Haund woar a kloana Bua, der hot immer zu mir g'sogt – Vota, woarum host du de Leit unter'd Erd brocht?

Und hinta mia is da Teifö g'staundn und hot ma ins Oarwaschl gflüstert, dass der Berthold fünf Joahr laung olle Tag mit dem Totenzug von Grob zu Grob gehn muass, bis wieder oana aun da Cholera stirbt!" Dann tat er noch einen Atemzug und das Leben war aus ihm gegangen.

Die folgenden Tage sollten sich als furchtbar erweisen. Schon am 19. August raffte die Epidemie zehn Menschen dahin. Erschreckend war der 22. August, an dem zwölf Bewohner verstarben. Der Nachtwächter, der Binder Rochus und seine Frau aus Haus 241 gingen am selben Tag dahin. Die Nitsch Theresia von der Nummer 74, ein Jahr davor hatte sie erst ihren Andreas geheiratet und im Jänner das Töchterchen Magdalena geboren, musste gehen. Nur zwei Tage später wird ihr die kleine Magda ins Grab folgen und ihr Mann der Andreas kommt am 4. September nach. Eine Familie wurde völlig ausgelöscht.

Gleich am nächsten Tag nahm der Tod sechs Schrattenbergern das Leben, darunter dem Nagel Johann, gerade 4 Jahre alt und erster Sohn des Nagel Lorenz und der Theresia aus Schrattenberg Nr. 216. Am 29. August kam das zweite Kind, der fünf Monate alte Franzl, an der Seuche um.

In der Zeit vom 24. bis zum 27.8. fielen der Epidemie weitere zweiundzwanzig Bewohner zum Opfer. Bedauerlicherweise ein 14 Tage altes Kindchen der Familie Polz von Nr. 121.

Die Mutter holte der Tod am 29. August und den Vater am 2. September. Eine Wohnung stand damit leer. Pfarrer Andorfer erkrankte ebenfalls und Pater Alphons berichtete erschüttert seinem Prior: „Sie sterben wie die Fliegen!"

Bitter auch für die Familie Ipsmiller, Ferdinand und Anna, auf 75. Sie verlor den 4-jährigen Antonius und fürchtete um die beiden weiteren Kinder, den Johannes (6 Jahre) und den Franz (7 Monate).

Mit zwei anderen trat der Kleindienst Johann von der Nummer 36 am 28.8. aus dem Leben, seine Gattin die Magdalena verstarb zwei Tage danach. Ein weiteres Haus war geleert und verlassen. Am selben Tag tat der Martin Kleindienst von 86 seinen letzten Atemzug und ließ damit seine hochschwangere Katharina zurück. Sie brachte am 9. Februar des Folgejahres ein Mädchen zur Welt, das nur sechs Tage danach starb.

Aber des Elends war es noch lange nicht genug und vielleicht konnte man jetzt verstehen, warum der Friedl so schrecklich träumte.

Nahezu 300 Einwohner lagen bereits erkrankt darnieder. Das war etwa ein Viertel der Ortsbevölkerung.

Das Haus Liechtenstein brachte täglich Brot, Fleisch und Wein zur Verteilung und übernahm großzügigerweise Kur- und Medizinkosten für die Unbemittelten. Die Cholera tötete jedoch unbarmherzig weiter und es mussten noch zehn Menschen ihr Leben lassen. Unter anderem brachte sie die 2-jährige Anna Maria Nagl von 76 ins Grab und ihr letztes Todesopfer am 24. Oktober 1832 hieß Theresia Bauer aus Nr. 63, ein Häuslerskind, welches gerade acht Monate alt war. Deren ältere, 4-jährige Schwester Thekla hatte sie am 8. September aus dem Leben genommen. Insgesamt führte die Epidemie 66 Personen aus dem Diesseits.

Die Berthold Josefa brachte am 19. Oktober einen Martin zur Welt, und wusste, dass in ihm ihr „Friedl" weiterleben würde. Der Bub starb ihr aber am 2. Mai 1833 weg. Ab diesem Zeitpunkt berichteten Leute aus dem Ort von schauderhaften Beobachtungen auf dem Friedhof in Zwölfquanten. Aus diesem Grund mieden es die Dorfbewohner, die Totenstätte in der Abenddämmerung oder etwa gar des Nachts zu betreten. Man erzählte, dass Friedhofsbesucher den Berthold Gottfried mit einer Laterne durch den Friedhof irren sahen.

An seiner Hand soll er stets einen kleinen Jungen geführt und dabei einen monotonen Spruch gemurmelt haben: „De Cholera hob i eing brocht, daun hot der Tod auns Türl pocht! In d'Ewigkeit derf i net reisen, muiss eing ins Grob erscht eineweis'n. Weil i euch hob vaschwieg'n de furchtbor Seuch, bin in fünf Joahr i erst a rechte Leich!"

Im Jahr 1837 fielen erneut einige Schrattenberger der Cholera zum Opfer. Ab da verstummten die Gerüchte um den „Cholerafriedl am Kellerbergfriedhof!"

# Feuersbrunst

*Dramatische Geschichte aus Schrattenberg/Weinviertel*

Gerne saß er auf dem Baumstumpf vor dem Hause Schrattenberg Nr. 12 und genoss jeden Tag, der ihm geschenkt wurde. Der Lorenz Kleindienst, ein Kleinhäusler, zählte bereits 88 Lenze und der Birnbaum im Vorgarten dürfte ebenfalls so alt gewesen sein.

Seit er nicht mehr zur Feldarbeit taugte, erzählte er Kindern und Jugendlichen, welche sich häufig um ihn scharten, von der „alten Zeit". Dabei schilderte der Lorenz eindrucksvoll die Einquartierungen von Angehörigen der französischen Armee im Jahre 1809, dann folgte in der Regel die gewaltige Überschwemmung von 1814 und hernach hörten die Interessierten vom 1817er Großbrand. Stundenlang konnte der Mann berichten, ohne dass es den Zuhörern langweilig wurde.

Aber über 1854 meinte er meist kopfnickend: „A windigs Jahrl. Des hoaßt nix Guits. Des bringt nix Gscheit's!"

Anfang April fegten heftige Föhnstürme über Hügel und Tal und der Wind gab auch die Monate darauf keine Ruhe. Während eines heftigen Gewitters im Juni hob ein kräftiger Sturm drei Dächer von ihren Häusern. Aber für den 23. Oktober hatte sich diese Naturgewalt all seine Kräfte aufgespart, um sie hernach an nur einem Tag ohne Erbarmen loszulassen. Vom Morgengrauen weg heulte die bewegte Luft durch die Gassen, strich über die Häuser, um gleich darauf in den Fluren, unterstützt von orkanartigen Böen, Staubsäulen aufzuwirbeln, die riesigen Erdgeistern glichen. Dadurch waren die Bauern gezwungen, die Weinlese zu unterbrechen und an Stelle dessen entweder Kellerarbeit zu verrichten oder eben andere Tätigkeiten in den Höfen zu erledigen.

So geschah es auch beim Johann Schinhan auf Nr. 160, der ein Schwein schlachtete und sich höllisch auf frische Grammeln freute. Seine Frau, die Elisabeth, holte gerade Mehl bei ihrer Tante, weil sie dazu frisches Brot backen und essen wollten.

Am späten Nachmittag, so gegen 04.00 Uhr, rührt der Johann gerade fest in der offenen Esse, als er das Gewiehere seines Pferdes, dem „Fuchs", vernimmt. Der närrische Hengst hat sich losgerissen und rennt wie verrückt im Hofraum umher. Der Hans eilt hinaus, lässt dabei alle Türen offen, wobei ihn auf der Trett'n ein starker Windstoß erfasst, der ihn beinahe in den Schweinestall drückt. Eine Weile keucht er dem Ross hinterher und will schon in die Küche zurückkehren, da schlagen aus dem Wohntrakt und dem darüber befindlichen Strohdach riesige Flammen. Daran findet der Sturm scheinbar besondere Freude und bläst mit einem gewaltigen Hauch in das Feuer. Unzählige brennende Strohbüschel schwirren durch die Luft und landen auf den Dachdeckungen der benachbarten Häuser. Dort züngeln sofort Flämmchen empor und der heulende Wind, der jetzt ohne Unterbrechung herrscht, beginnt mit seinem furchtbaren, verheerenden Spiel. Die Häuser 158, 157 und 155 bis 151 sind derart eng aneinander gebaut, dass das Feuer der Reihe nach auf sie übergreifen kann.

Die Löschversuche der Bewohner schlagen bei dieser Witterung natürlich fehl, sodass die Männer nur mehr versuchen das Vieh zu retten, wobei sich die Frauen gleichzeitig mit den Kindern auf die gegenüberliegende Straßenseite flüchten. Die Menschen schreien um Hilfe, laufen chaotisch durcheinander und der beißende Rauch nimmt ihnen Luft und Sicht.

Da steht die Ipsmiller Theresia aus 157 wie angewurzelt und starrt verzweifelt in das Inferno. Auf dem Arm trägt sie die 1-jährige Philomena, an ihrem Rock hängt die Maria, vier Jahre alt, daneben steht weinend ihre Resi, gerade sechs. Der acht Jahre alte Josef hält sie fest an ihrer kleinen Hand. Nur der Johann, mit seinen zwölf Jahren ein braver Ministrant, stürzt mit Pfarrer Andorfer den Kirchturm hinauf, um die Sturmglocke zu läuten.

Der Höss Johannes Gregorius vom Haus 155 bringt seine Frau Anna und die drei Kinder, den Georg, die Maria und die Anna, zur Sicherheit in die Kirche. Die Eheleut' Thomas und Susanna Ipsmiller stürzen aus ihrem Haus, nehmen die Buben, den Franzl und den Thomas mit, um löschen zu helfen. Dann muss die Susanna aber zurückeilen um nach ihren anderen vier Kindern, der Rosalia, dem Alois, der Theresia und der Anna, 8, 6, 3 und 1 Jahr alt, zu sehen. Mitten durch Glut, Wind und Rauchwolken dringen ihre furchtbaren Schreie: „Um Gottes Wüln, um Gottes Wüln, de Kinda, de Kinda, meine Kinda san no do drin!" Das Anwesen ist nur noch lediges Feuer. Der Thomas, ihr Mann, der Staudner Hans und der Müller Sepp ziehen sich die Fräcke über die Köpfe und springen durch die Wand aus heißem Rot. Den anderen Löscharbeitern stockt der Atem. Alle warten gespannt, bis der Erste, der Müller, hustend und mit versengtem Janker zurückkehrt. Er schüttelt nur den Kopf. Gleich nach ihm kommt von der linken Seite der Staudner aus der Brunst gesprungen und zieht ratlos die Schultern hoch. Es dauert eine ganze Weile, bis die Susanna ihren Thomas sieht, der den Flammen entflieht. Er hat Gesicht und Ohren leicht verbrannt und steckt in dampfenden Stiefeln. Er kann fast gar nicht reden und stottert vor sich hin: „Susanna, i kauns net finden, i woaß net, wo's san. Do is so vül Rauka und Hitz, i hob wieda aussa miassn!" Die Ipsmillerin kreischt laut auf und nie hat man so viele kräftige Männer mit verrußten Gesichtern gesehen, denen dicke Tränen über die Wangen kollern, weil sie den Ipsmillern nicht helfen konnten.

Die „Fleißlerbinder", der Johann und seine Elisabeth von 151, sind zum rettenden Bachufer gelaufen, sitzen orientierungslos da und sind nicht ansprechbar. Der Nagl Pold'l und die Resl eilen schluchzend hinter die Kirche und knien vor dem dort stehenden Holzkreuz. Ihr Heim, das Anwesen 152, ist ein Raub der Flammen geworden und erst am 23. Juli ist ihr fünf Monate altes Enkelkind an einer Durchfallerkrankung gestorben.

Die Notglocke bimmelt und bimmelt, ihr Hilferuf ist jetzt im ganzen Ort zu hören.

Endlich eilen aus allen Gassen und Wegen Helfer herbei, die Eimer und Büttel mitbringen. Für den Wassertransport aus Brunnen oder dem Mühlbach werden Menschenketten gebildet, die versuchen den Brand einzudämmen oder ihm gar Herr zu werden.

Diesem Bemühen tritt der Sturm mit unerbittlicher Härte entgegen und legt noch einmal zu; mit fürchterlichen Folgen. Denn auf dem Dachboden im Hause des Michael Ipsmiller auf 154 lagern zahlreiche Schaffelle, welche ein Jude erworben und mit Zustimmung der Familie dort trocknen durfte. Diese Tierhäute ergreift die Glut sofort. Der Orkan hebt sie hoch in die Lüfte, trägt sie lichterloh brennend in die Lange Zeile und auf den Fürstenweg zu und wirft sie auf die dort stehenden Gebäude. Es dauert nicht lange und schon tönen alarmierende Rufe von der anderen Bachseite her: „Hüfe, Hüfe, da Schweng Wastl auf 29 und da Glaser Pepperl, da Kloanheisler, auf 23 brennan liachtaloh!"

Bürgermeister Anton Thil, ein strenger, ernster Mann möchte sich gerade ein Bild von der Sachlage machen, da kommt Georg Hammerler von Nr. 19 vom Fürstenweg angerannt: „Buagamoasta, Buagamoasta, da Vota schickt me, i soll da sog'n, dass de hoibate Bettlumkehr im Feia steht. Da Schweng Lenz, da Zipfelmoar Marterl, da Kinstla Florian, da Rossmüla Motz, da Neimau Martin und da Tausch Sepp brennan o!", berichtet er voller Aufregung.

„Ois, was eintan Boch dahoam is, hüft eintn leschn", gibt der erste Bürger sofort Anweisungen, „ois, was reint wohnt, hüft do!" Er geht persönlich von Wohnung zu Wohnung, klopft an die Türen und bittet um Hilfe.

Daraufhin melden sich immer mehr Leute zur Hilfestellung und werden entsprechend zugeteilt. Neue Meldungen treffen ein: „Aum Judenberg steht da Ott Hans, der 258er, in Brand, in Bergwirt, in Hess Fraunz, wöns grod leschn, da Laungaheisla auf 2 brennt, beim Milz Egidy auf 43 is a schon ois valorn!"

„S'Viech treibt's entweder auf d' Woad in Zwölfquauntn oder auf Schoatlwies'n ume. De ödan Buim und Menscha solln's hiat'n!", befiehlt der Bürgermeister aus lauter Kehle.

Obwohl der Brunst schon so viel Hab und Gut zum Opfer gefallen ist und ungeheuerlicher Notstand bei den Bewohnern herrscht, gibt sich der Sturm nicht zufrieden. Von neuem peitscht er über die Höfe und Scheunen und führt das Lodern von Anwesen zu Anwesen.

Die Wohnungen 13 bis 21 sind nur noch ein heller Feuerschein. Die Menschen irren in Rauch und Hitze, sind nicht mehr im Stande sich zur Wehr zu setzen und lassen sich irgendwo auf Wegen und Straßen nieder. Kohlschwarz sind Hände und Gesichter der Löschenden und die Aussichtslosigkeit ihres Kampfes ist ihnen anzusehen. Der Ort gleicht einem Flammenmeer. Die alten Weiber versammeln sich in den Stuben vor den Holzkruzifixen oder Heiligenstatuen, um das Gebet des Herrn oder den Englischen Gruß ständig zu wiederholen.

Die Nacht bricht herein und das Dorf sieht aus, als würden Mordbrenner ihre Feuerspur hinterlassen. Der Himmel über dem Ort ist, gleich der aufgehenden Morgensonne, erhellt. Aber was schallt da plötzlich durch die Feuerwände? Jagdhorntöne! Hilfe kommt!

Und tatsächlich, zehn Pferdewagen aus dem nahen Feldsberg fahren ein, beladen mit Mägden und Knechten aus dem Schloss. Mitgekommen sind auch Handwerker und hilfsbereite Bürger. Sie gehen den überforderten und erschöpften Helfern sofort zur Hand. Inzwischen sind drei Häuser in sich zusammengefallen, sowie Scheunen eingestürzt. Gleichfalls kommen aus Herrnbaumgarten sechs Wagen mit Hauern samt Gesinde, die sogleich zugreifen und wenig später finden sich auch Helfende aus Katzelsdorf ein. Das bringt neuen Mut und Schwung in die Löschgruppen, welche jetzt Wassergräben ziehen und die gefährdeten Bauten mit Wasser überschütten. Trotz des heftigen Windes kann sich das Glimmen und Züngeln nicht mehr ausbreiten.

Noch immer hetzt der Madel Franz vom 21er Haus herum und sucht seine hochschwangere Frau, die Anna Maria. Niemand kann ihm sagen, wo sie sich befindet. Jeden, den er sieht, brüllt er voller Verzweiflung an, jedoch die Befragten haben keine Ahnung. Nicht weit weg davon läuft der Hauser Franz von Nr. 17 mit seinen vier Kindern um die vor Hitze knisternden Gebäudereste.

Er ist ebenfalls auf der Suche nach seinem Eheweib und der kleinen Maria, die gerade ein Jahr alt ist. Allesamt glauben, sie seien in den Flammen umgekommen.

Während man am Fürstenweg und in der Langen Zeile erfolgreich gegen den Großbrand vorgehen kann, holt der Sturm zu einem letzten, jedoch gewaltigen Schlag aus. Aus dem Ipsmillerhof wirbelt er die restlichen Schafhäute auf die gegenüberliegende Straßenseite und setzt damit die Häuser Josef Müller, 116 und 117, und die Wohnung der Witwe Anna Maria Schmid in Brand. Mit einem heftigen Stoß schleudert er die Trümmer des lodernden Daches der Fleißlerwerkstatt wie einen Feuerball zu den Anwesen Hans Staudner, Nr. 119, Anton und Katharina Nagel, Nr. 118, zu den Häuslern Franz und Barbara Polz, Nr. 121, und schließlich zum Hof des Gemeindehalters Mathias Mick auf 120. Von dort frisst sich die heiße Glut noch auf das Nachbarhaus des Paltram Mathias mit der Nummer 284. Jetzt entsteht das totale Chaos.

Die Straße ist unpassierbar, brennende Balken und Holzteile versperren den Weg. Überall züngeln und glimmen Strohbündelchen. Glühende, qualmende Teile wirbeln herum.

Dem Müllermichl fällt ein Strohknäuel auf den Hut, der sofort Feuer fängt. Der Mick Anton stolpert, stürzt in die glühende Asche und verbrüht sich beide Hände. Das Kleid der Polzin muss sich irgendwie entzündet haben, doch glücklicherweise können die vorbeikommenden Künstlerbuam die Flammen ersticken. Einen Knecht aus Feldsberg trifft ein auseinanderbrechender Dachtram schwer am Rücken. Der ortsansässige Wundarzt Karl Weiß hat alle Hände voll zu tun. Den Rettungskräften gelingt es aber allmählich, nachdem der Wind nachgelassen hat, die neuen Brandherde ebenfalls einzugrenzen.

Über Betreiben des Bürgermeisters versorgen und betreuen die Mitbürger schlussendlich die Abbrändler und alle können untergebracht werden. Zwei Frauen führen den alten Lorenz Kleindienst von seinem völlig eingeäscherten Häuschen weg. Drei Tage später stirbt er an Altersschwäche.

Hart getroffen hat es die Familie Wagner von Nummer 18. Im August hat ihnen die „Rote Ruhr" zwei Kinder, 4 und 6 Jahre alt, sterben lassen. Mit der einjährigen Maria finden sie sich vor einem Trümmerhaufen.

Schlimm ist es auch für den Jakob Fehlmann auf der Nr. 3. Er hat erst am 22. Februar geheiratet, der Tod hingegen hat ihm seine Frau am 5. Oktober entrissen und jetzt liegt sein Hab und Gut in Schutt und Asche. Dieses Schicksal lässt ihn den Verstand verlieren.

Der Nagel Anton und seine Katharina hätten so gerne Kinder gehabt. Neun mussten aus dem Leben gehen, nur eine einzige Tochter ist ihnen geblieben und nun stehen sie vor dem Nichts. Die Aufzählung des Elends hätte noch lange kein Ende.

Der Hauser Franz hat Glück. Viel, viel später findet ein Herrnbaumgartner Weinhauer die Anna völlig erschöpft in einem Garten liegend, unter ihr die kleine Mitzi. Die Mutter hat ihren Mantel über sie gebreitet und sich schützend über sie gelegt.

Mit überschwänglicher Freude trifft der Madl Franz seine Anna Maria unversehrt im Gemeindegasthaus, weil sie da glücklicherweise Aufnahme gefunden hat.

Am nächsten Tag streifen die Betroffenen und deren Gehilfen durch die Brandruinen, durchstochern mit Stäben die ascheübersäten Böden nach Brauchbarem und beginnen mit den Aufräumarbeiten. Nur der Ipsmiller Thomas und die Susanna wagen es nicht ihr abgebranntes Gut zu betreten, weil sie Schlimmstes befürchten.

Als der Mick Leopold mit einer Fuhre verkohlter Balken an den Moarbergkellern vorbeifährt, ist ihm, als höre er das Wimmern von Kindern. Und tatsächlich!

Vor der Eingangstür eines Kartoffelkellers kauern vier Persönchen, aus deren verschmierten Gesichtern völlig verweinte Augen blicken. Erst beim zweiten Hinschauen erkennt er, dass das die vier vermissten Ipsmillersprösslinge sind. Er stößt einen Freudenschrei aus, schnappt die Kleinen und setzt sie auf den Wagen.

Völlig außer sich jagt er die Pferde in den Ort und ruft den Leuten zu: „I hob de Kinda gfund'n! I hob de Kinda gfund'n! Da Loisl, die Resal, die Anna und die Rosalia san bei mir aufm Wogn!"

Die Ortsleut laufen hinter dem Gespann her, und als er sie den überglücklichen Eltern übergibt, klatschen die Umstehenden laut in die Hände.

Die Madel Anna vom 21er Hof bringt bald darauf einen Buben, einen gesunden, lockigen Mathias zur Welt, was der Bürgermeister als gutes Zeichen wertet.

Das Feuer hatte insgesamt 40 Häuser und mehrere Scheunen vernichtet. Der Gesamtschaden wurde laut Aufzeichnungen mit 30 937 Gulden beziffert. Sammlungen im Lande ergaben 242 Gulden und 81 Kreuzer. Das Haus Liechtenstein stellte in edelster Weise sofort 500 Gulden für die Bedürftigsten zur Verfügung. Außerdem streckte es den gesamten Bedarf an Mauer- und Dachziegeln vor, der erst innerhalb von drei Jahren zum Erzeugerpreis zu begleichen war. Weiters lieferte es das erforderliche Bauholz zu mäßigsten Preisen.

Anlässlich der glücklichen Entbindung der Kaiserin Elisabeth erhielten die Abbrändler neuerlich eine Hilfe von 250 Gulden.

Die Schrattenberger aber bewiesen Gemeinschaftssinn und unterstützten die Unglücklichen so weit als möglich. Bereits im Juli des Folgejahres konnten die ersten Familien in ihre teilweise fertiggestellten, neu erbauten Wohnungen einziehen.

# Der Gekreuzigte und die drei Köpfe

*Mystische Geschichte aus Schrattenberg/Weinviertel*

Man schreibt den 31. Dezember des Jahres 1862. Es ist ein gutes Jahr für die Bauern, das Jahr 1862, mit außerordentlich hohen Erträgen und guten Qualitäten, sowohl im Feld- wie im Weinbau. Das gilt auch für den Hauer Ägidius Bohrn, der mit seiner Frau und drei Kindern drüber'n Bach an der Langen Zeile im Haus 46 wohnt. Die Eheleut Bohrn sind fleißig von früh bis spät und äußerst beliebt im Ort. Bohrn hat immer einen guten Wein im Keller und ist damit über die Dorfgrenzen hinaus bekannt. Deshalb muss er an diesem letzten Tag im Jahr noch zwei Fässer „Guten" nach Poysdorf transportieren.

Er wird mit dem Truhenwagen fahren, der Wein ist schon geladen und die Kinder dürfen mitreisen, worauf sie sich schon seit Tagen freuen. Ägidius hat vier Pferde im Stall und kann sich daher mit einem Doppelgespann, zwei Hengsten und zwei Stuten, auf den Weg machen. Die Kinder, der Joseph, der Franz und die Anna, 12, 10 und 8 Jahre alt, sind warm angezogen und sitzen schon auf dem Wagen. Der Ägidius trägt einen dicken Bauernjanker mit Pelzkragen und einen weiten Filzhut, den er bei der Abfahrt hochhebt und sich bei seiner Frau mit den Worten: „Pfirt di' Gott, Anna!" verabschiedet. Die Kinder winken lachend und die Frau ruft ihnen zu: „Schaut's, dass der Vater s'ganze Geld heimbringt und Ägidi, pass mir gut auf die Kinder auf!"

Nach der Ortskirche führt der Weg durch eine enge Stelle und die Fahrspuren dort sind tief. Durch die herrschende Kälte ist der Boden hart gefroren und rutschig. Es ist etwa 07.00 Uhr früh, und als sich das Fuhrwerk mitten in der Furt befindet, schlägt die Glocke am Kirchturm plötzlich dreimal und noch einmal nach. Der Bohrn hält stutzig an: „Glockenschlag, um diese Zeit?" Er wendet sich um und blickt zum Turm, kann aber niemanden sehen. Wer mag wohl an die Glocke geschlagen haben und warum? „Kinder, habt's ihr jemand am Turm g'sehn?", fragt er seine Begleiter. Die Drei antworten im Chor: „Nein, Vater, nein Vater!" Noch eine Weile beobachten sie die Kirche und den Turm. Kopfschüttelnd treibt der Hauer dann die Rösser an: „Hüha, hüha, hüha, vorwärts." Noch einige Male blickt er zum Turm zurück, weil ihm der Glockenschlag nicht aus dem Kopf will.

Es ist schon später Nachmittag, als das Gespann wieder zurückkommt. Ein steiler Weg führt in das Dorf und der Joseph bettelt: „Vater, darf ich den Hans und den Fritz führen? – Bitte!"

Ägidius reicht seinem älteren Buben die Führungsriemen für das Vordergespann. „Aber ganz ruhig leiten, Pepperl und nicht hastig ziehen!" Dann dreht er die Wagenbremse leicht an, denn es könnte doch ein wenig gefährlich werden. Noch dazu ziehen dichte Nebelschwaden durch den Ort, die die Sicht ordentlich beeinträchtigen. Der Jüngling wickelt sich die beiden Riemen, weil sie etwas lang sind, um seine Unterarme, um straff führen zu können.

Das Fuhrwerk gleitet hin und her, die Rosse finden kaum Halt auf dem beinharten, etwas eisigen Pfad und haben alle Mühe den Wagen zu halten. Den Vater hört man ständig mit den Pferden reden: „Ruhig, Fritz, nur langsam, Hansi, ruhig, Mira, nur langsam, Liesl."

Geschafft! Sie fahren schon in den Bogen zum Haus 176 des Halblehners Heinrich Nagl ein, als aus dem Nebel ein schwarzer Rappe, neben dem ein riesiger Schäferhund herläuft, auftaucht. Der Ägidius erkennt den Reiter und flüstert zu den Seinen: „Kinder, seid's still, das ist der närrische Oberverwalter der Liechtensteiner aus dem Feldsberger Schloss, der Grumstorff." Der bei seinen Untergebenen unbeliebte und skrupellose Mann will dem Gespann partout nicht weichen. Dann aber steigt der Schwarze hoch und sprengt mit einem weiten Satz zur Seite. Der Hund jedoch knurrt und kläfft das Gespann zähnefletschend an, hüpft vor den Beinen der Rösser umher, bellt unheimlich laut und saust einige Male unter den Pferden durch. Trotz der Zurufe seines Herrn lässt der Köter nicht nach und Bohrn's Tiere schieben den Wagen immer heftiger vor und zurück.

Da verliert der Ägid die Geduld und brüllt: „Verschwind du Hundsvieh, geh weg, verschwind, du verfluchter Hund!"
Die Kinder wollen den Hund ebenfalls mit Geschimpfe vertreiben, doch dieser hört nicht auf. Als der Vater dann schließlich zur Peitsche greifen will, geht das Vordergespann hoch und beginnt mit einem Ruck loszugaloppieren. Dabei bricht unglücklicherweise das Vorderteil der Wagenstange mit den Halterungen, die Leder reißen und der Joseph wird vom Sitz geschleudert und hinterher geschliffen. Gleichzeitig geht das zweite Gespann durch. Der Franz und die Anna fallen zurück auf die Ladefläche und während der Ägid voller Verzweiflung mit all seiner Kunst versucht die Pferde anzuhalten und in Todesangst ruft: „Öh, Mira, öh, Mira, halt, Liesl, halt, Liesl, depperte Ross, so bleibt's doch stehn!", hört er die grässlichen Hilfeschreie seines Sohnes Joseph.

Er kann nicht eingreifen und im dichten Schleier des Nebels kaum etwas erkennen, so hält er sich mit aller Kraft an den Zügeln fest. „Kinder, Kinder, halt's euch an, halt's euch fest an!", schreit er aus ganzem Leibe.

Die beiden Hengste kommen zu Sturz und schlittern am Weg dahin, die Stuten gehen über den am Boden liegenden Buben hinweg, den der nachkommende Wagen überrollt. Das Fuhrwerk schlittert in diesem Tempo dahin, bis es in die liegenden Pferdeleiber rast und genau in der engen Furt beim Hause 163, das ist jenes des Schmiedemeisters Leopold Wegenstein, kippt der Wagen und überschlägt sich. Das schmerzliche Wiehern der Rösser mischt sich mit dem angstvollen Geschrei der Kinder und ihres Vaters, welches mit einem fürchterlichen Krachen endet, als die restlichen Wagenteile brechen. – Totenstille!

Der Ägidius weiß nicht, was ihn alles schmerzt. Er liegt unter dem Wagenboden, kann aber mit zwei kräftigen Tritten die verbliebenen Bretter durchbrechen. Dann vernimmt er das Röcheln der Tiere und entdeckt gleich rechts den Joseph, der blutüberströmt und leblos daliegt. Auf der anderen Seite kann er den Franzl regungslos liegen sehen.

Da kniet er nun und will sich den Seelenschmerz herausschreien, doch er spürt warme Atemluft unter sich und erst jetzt merkt er, dass er auf der kleinen Anna gelegen war. Er nimmt das Kind an sich und drückt es fest an sein Herz. Die Kleine blickt ihn mit großen Augen an und stöhnt: „Vater, hilf mir!" Dann fällt ihr Köpfchen zurück. Im selben Augenblick schlägt die Glocke am Kirchturm dreimal und noch einmal nach.

Zur Erinnerung an dieses schmerzliche Ereignis findet sich noch heute an der Einfriedungsmauer des Hauses „Wienerstraße 7", am ehemaligen Anwesen Nr. 163, ein Relief, das den gekreuzigten Christus darstellt, über dem drei Köpfe angebracht sind.

# Die Preiss'n Anna-Mirl

*Erzählung aus Schrattenberg/Weinviertel*

Vor der Schrattenberger Pfarrkirche standen damals Laubbäume mit riesigen Blättern, die an heißen Sommertagen einen herrlichen Schatten spendeten. Darunter befand sich eine Holzbank, die zur Rast einlud.

Dorthin marschierte die hochbetagte Anna Maria Tausch beinahe täglich, sofern es das Wetter zuließ, um das Treiben in der Dorfmitte zu beobachten und das Neueste zu erfahren. Sie hatte ihre „Ausnahm" im Hause 235, in welchem die Tochter mit ihrem Mann, dem Geburts- und Wundarzt Johann Renz, der aus dem Fürstentum „Hohenzollern" stammte, wohnte. Viele Jahre hatte sie bei der Krankenpflege mitgeholfen und ihrer Anna Maria, die Hebamme war, oft bei Geburtshilfen beigestanden. Mit den Jahren waren die Kräfte entschwunden und seit dem Tod ihres um vier Jahre jüngeren Mannes, war ihr die rechte Freude am Leben verlorengegangen.

Einst hatte sie zu den reizendsten Mädchen des Ortes gezählt, wogegen sie nun ihr langes graues Haar gerne unter einem weißen Kopftuch versteckte, und Gesicht und Hände von Runzeln übersät waren. Der gebückte Körper musste sich schon auf einen braunen, abgegriffenen Gehstock stützen. Die älteren Ortsbewohner kannten sie nur unter dem Namen „Anna-Mirl", während sie die jüngeren Leute durch ihr äußeres Erscheinungsbild eher für eine „Hex'" hielten und aus diesem Grund einen weiten Bogen um sie machten, damit sie ja nicht mit ihr zusammentrafen.

Der Bürgermeister jedoch schätzte ihr umfassendes Wissen, sowie die ungemeine Lebenserfahrung und plauderte gerne mit der Anna-Mirl, wenn sie zum „Moarhofbründl" kam, um sich an dem Wasser zu erfrischen. Sie meinte dabei oft, dass sie gerade dieses kühle Nass solange gesund bleiben ließ, obwohl sie doch schon so viel erlebt hätte. Nämlich die große Feuersbrunst im Jahre 1854, bei der 40 Häuser abgebrannt waren und die schlimme Brechruhrepidemie im darauf folgenden Frühjahr.

Als dann die Österreicher am 3. Juli 1866 die Schlacht bei Königgrätz verloren und es hieß, dass preußische Truppen in die Gegend kämen, litt die alte Tauschin über Nacht an einer für alle anderen unerklärbaren Furcht. Begegnete sie jemandem im Dorf, dann erkundigte sie sich sogleich voller Angst: „San de Preiss'n scho do? San de Preiss'n scho keima?" Aus diesem Grund glaubte man, sie würde wahrscheinlich allmählich ihren Verstand verlieren.

Zur Mittagszeit, am 16. Juli 1866, drang plötzlich Trommelwirbel in den Ort und tatsächlich marschierten preußische Kürassiere vom 1. Armeekorps, 1. Division, vom Garschönthalerweg her kommend in die Ortschaft ein und der Stab nahm Quartier im Pfarrhof. Pfarrer Andorfer übersiedelte in das Haus des Mesners, bei dem er wohnen durfte. Die Soldaten schlugen Zelte auf und hinter der Kirche rund um die Johannes-Nepomuk-Säule standen die Kanonen. Die jungen Burschen und wehrfähigen Männer waren schon zuvor in die Fluren und Wälder geflohen, während sich die Mädchen und jungen Frauen in den Scheunen unter dem Stroh oder in den Weinkellern verbargen.

Der Bürgermeister war mit einigen mutigen Weinbauern angetreten und bot den einziehenden Truppen büttelweise besten Rotwein, den „Vanac", an, um sie versöhnlich zu stimmen.

Zur Überraschung aller lehnten die Söldner aber den guten Trunk ab und verlangten im Gegensatz dazu saure Milch und Schmalzbrote. Nach anfänglichen Verständigungsschwierigkeiten machten die Stabsoffiziere der Ortsvertretung ihre Bedingungen klar und teilten mit, dass jetzt laufend Armeeeinheiten durch das Dorf kommen würden. Die Holzbank trugen die Preußen in die Kirche, weil der Pastor bereits gegen Abend einen Garnisonsgottesdienst abhielt. Es gab jedoch wider Erwarten weder Übergriffe, noch Plünderungen, geschweige denn Vergewaltigungen.

Am nächsten Morgen kam die „Anna-Mirl", suchte ihr Ruhebänkchen und trabte dann entschlossen, ohne Skrupel zu haben, auf den Pfarrhof zu. Die beiden wachhabenden Unteroffiziere stellten ihre Gewehre quer, um sie am Zutritt zu hindern.

Die Tauschin aber erhob ohne Zögern den Gehstock und schlug jedem von ihnen auf die Pickelhaube, wozu sie lautstark keppelte: „Es vaflucht'n Preiss'n, es bringt's ins iazt de Scheiss'n, vaschwind's es vaflucht'n Preiss'n, wöl es bringt's ins iazt no d'Scheiss'n!"

„Na, Weibelchen, du wirst doch nicht gegen uns ins Gefecht ziehen wollen?", erkundigte sich der Feldwebel lächelnd. Die Männer amüsierten sich, und da sie ohnedies kein Wort verstanden, durfte die Alte passieren, wobei ihr die Soldaten belustigt nachriefen: „Muss't aber ordentlich Haltung annehmen vor dem Obersten, denn der wird Augen machen bei dieser Audienz!"

Die alte Frau stieg unbeirrt die Stiegen hoch und pochte an die Tür. Als der Adjutant öffnete, klopfte sie ihm gleich plappernd mit der Gehhilfe auf den Tschako: „Es vaflucht'n Preiss'n, es bringt's ins iazt de Scheiss'n, vaschwind's es vaflucht'n Preiss'n, wöl es bringt's ins iazt no d'Scheiss'n!" Der Offizier war derart überrascht und verwundert, dass er unverhofft den Säbel zog und ohne nachzudenken auf die keifende Frau einstechen wollte. Doch die Hand des Oberst Schönhausen hielt ihn Gott sei Dank zurück. Sofort schritt er vor die Tür und mit ruhiger, weicher Stimme fragte er: „Na, Mütterchen, was führt dich denn zu mir, hm? Has'te Hunger oder Durst? Sprich!"

Die Tauschin erhob ihren Stock und fuchtelte dem Befehlshaber vor der Nase herum:

„Es vaflucht'n Preiss'n, es bringt's ins iazt de Scheiss'n, vaschwind's es vaflucht'n Preiss'n, wöl es bringt's ins iazt no d'Scheiss'n!" Der Oberst senkte ihren Stab mit abwehrender Hand ab und meinte zu den Anwesenden: „Hat einer von euch kapiert, was dieses Theater bedeuten soll, kann mir jemand erklären, was die alte Frau will?" Ringsum herrschte nur Ratlosigkeit. „So wie die Alte aussieht, hat sie nichts zu essen. Sie ist einfach eine Bettlerin. Gebt ihr Milch, Brot und wenn sie möchte noch ein Schnäpschen", urteilte er abschließend. Hernach zog er zwei Heller aus seiner Uniformhosentasche und drückte sie der Tauschin in die Hände. Jetzt war sie derart baff, dass sie kein Wort mehr sprechen konnte. Die Militärs geleiteten die Frau hinunter und kehrten zurück.

Eine Schar von Einwohnern hatte den ganzen Vorgang verfolgt und die Kunde über das Ereignis verbreitete sich wie ein Lauffeuer. Obwohl die eigenen Kinder auf die Anna-Mirl inständigst einredeten, begab sich die Tauschin tagtäglich zum Pfarrhof, um die Preußen immer wieder mit denselben Worten zu schelten und zum Abzug zu bewegen. Der Ipsmiller Michl, der Bürgermeister, bewunderte den Mut der alten Frau, erklärte aber dem Oberst, sie sei verwirrt und ohne Verstand, weil er nicht verdeutschen wollte, was sie vorbrachte.

Und wenn man die Anna-Mirl fragte, warum sie das mache, antwortete sie einfach nur: „Ja, seid's es denn so bläd. Vasteht's es denn goar net, was des bedeit! Na, es werd's sa's scho seg'n, es werd's sa's scho no seg'n!" Die Mehrheit der Bevölkerung war der Meinung, sie sei jetzt wirklich verrückt geworden.

Die Lage im Dorf beruhigte sich, Burschen und Mädchen kamen in die Häuser heim, weil nichts zu befürchten war. Im Gegenteil, die Buben und Männer interessierten sich besonders für die Zündnadelgewehre, die ersten Hinterlader, welche schlachtentscheidend gewesen sein sollen. So mancher durfte sogar damit schießen.

Zwei Tage nach dem Einmarsch zog um Mitternacht schwere Kavallerie durch, der 150 mehrspännige Munitionswagen Richtung Wien folgten.

Bald aber sollte die Anna Maria Tausch Recht behalten. Mehrere Einwohner erkrankten an Erbrechen verbunden mit schrecklichem Durchfall. Wundarzt Renz diagnostizierte bereits kurz danach die Cholera.

Die Situation eskalierte, als am 25. Juli des Königs Grenadierregiment Nr. 7 vom 5. Armeekorps, 2. Division, einrückte. Der ganze Ort glich einem Kriegslager. An allen freien Plätzen brannten die Lagerfeuer und in jedem Anwesen waren etwa zwischen 15 und 20 fremde Soldaten untergebracht. Die sanitären Zustände gerieten außer Kontrolle. Und mitten unter ihnen die „Preiss'n Anna-Mirl", wie sie seit neuem hieß, die den Stab aufforderte, doch endlich abzuziehen, aber keinerlei Beachtung fand.

Erst fünf Tage später verließen große Truppenteile das darniederliegende Dorf und nahmen noch 80 Pfund Fleisch, 6 Eimer Wein und 2 Schafe mit sich. Einige Kisten voller Tabak und Zigarren, die sie bei der Eroberung der Gödinger Tabakfabrik erbeuteten, blieben zur Freude der ansässigen Leute zurück.

Die Krankheitsfälle nahmen weiterhin zu. Und endlich, am 3. August war Schrattenberg ohne Preußen. Jedoch nur zwei Tage danach holte sich der Choleratod seine ersten beiden Opfer: die Hauersgattin Barbara Bauer, 36 Jahre alt und deren 3-jährige Tochter, die Maria, vom Hause Nr. 117. Es folgten die Katharina Michl, 15 Jahre alt, von 242, der Franz Hammerbacher, von Nr. 131, 37 Lebensjahre zählend, und der kleine Alois Nagl, 3-jährig, aus dem Haus 161.

Jetzt konnte man es an allen Straßenecken hören, und das im Chor: „Die Tauschin hot uns'as vorausg'sagt, die Preissn haum ins de Cholera brocht, jetzt wiss' ma, wos' gmoant hot!"

Niemand sprach mehr von einer Verrücktheit der Anna Maria Tausch, man achtete sie wieder so wie früher und hatte das Bankerl unter die Bäume gebracht, damit die mittlerweile 83 Jahre alte Frau dort ihre Rast tun konnte.

Frühmorgens, am 9. August des Jahres 1866, fanden die Schrattenberger ihre „Preissn Anna-Mirl" tot unter der Holzbank, in Erbrochenem liegend, auf. Auch sie gehörte zu den Choleraopfern, doch niemand hatte von ihrer Erkrankung gewusst. In ihrer linken Faust steckten die beiden Heller, die ihr Oberst Schönhausen bei der ersten Begegnung geschenkte hatte.

65 Menschen raffte die Epidemie in knapp zwei Monaten hinweg.

# BEGEGNUNG MIT EINEM SCHRATT

*Mystische Fantasiegeschichte aus Schrattenberg*

Seit Jahren lebten sie in Zwietracht und Streit, der Nagel Martin und sein Weib, die Anna, obwohl die beiden lange Zeit davor unheimlich ineinander verliebt und überglücklich gewesen waren.

Schon Monate nach der Hochzeit brachte die Anna Zwillinge zur Welt. Zwei Mädchen, Maria und Anna. Bedauerlicherweise verstarben die zwei Kindchen an Schwäche wenige Tage nach der Geburt. Gleich ein Jahr darauf gebar sie dann einen Buben, einen Hieronymus, den sie liebevoll Roni nannten. 36 Monate später bekamen sie Leopold, das war im Jahr 1855. Die Jungen gediehen und wuchsen heran.

Die Nagelleut waren Bauern mit Leib und Seel' und schufteten von früh bis spät, um der Nachkommenschaft eine gute Existenzgrundlage zu schaffen. So brachten sie es bald zu einem ansehnlichen Betrieb. Der Hof bestand aus einem Wohntrakt mit anschließenden Stallungen, sowie einer riesigen Scheune. Er lag fast am Zusammenfluss der Mühlbacharme, nicht weit weg vom „Moarhof", direkt an der Straße zur Kirche und war mit der Hausnummer 124 bezeichnet.

Die Burschen jedoch wollten die Wirtschaft nicht übernehmen und gingen fort; der Roni zu den „Kaiserlichen", der Poidl nach Wien, denn er wollte Fleischhauer werden, wovon er bereits als Kind gesprochen hatte. Der Leopold kam etwa viermal im Jahr, gerade zu den Festtagen, zu Besuch, manchmal schrieb er auch. Hieronymus dagegen starb in seinem ersten Gefecht durch eine feindliche Kugel.

Die Bauersleut' überkam Wehmut und Frust, sie verloren die Freude an der Arbeit und mit der Wirtschaft ging es allmählich bergab. Durch beinahe tägliche Wortgefechte und verletzende Zankerei machten der Martin und die Anna einander das Zusammenleben schwer.

Ein Samstag wie jeder andere war er, der 24. Jänner 1878. Schon bei der Morgenfütterung gab es einen lautstarken Krach. Am Abend fuhren sie einander im Kuhstall wieder schroff an, weil der eine das Heu dorthin streute und der andere die Rüben dahin brachte. Einer konnte dem anderen nichts gut genug machen. Diesmal aber war der Martin so zornig, dass er die Stalltür donnernd hinter sich zuschlug, in die Küche hastete, eilends in seine warmen Filzstiefel schlüpfte, sich den dicken Wintermantel umwarf, die Wollmütze über seinen Kopf zog, die festen Fäustlinge über die Hände schob, den Kellerschlüssel packte und aus dem Haus stob, ohne die Eingangstür zu schließen. Ein eiskalter Wind mit großen vom Himmel purzelnden Schneeflocken gebot ihm kurz Einhalt, ehe er über die Holzbrücke eilte, nach welcher er in den geschaufelten Steig in Richtung Gärten einbog. Blind vor Gift und Galle stolperte er in der Abenddämmerung, gegen das dichte Schneetreiben kämpfend, dem letzten Haus zu. Der Hang, über den er musste, um zu den „Moarbergkellern" zu gelangen, kostete ihn beinahe seine letzte Kraft. Jetzt zählte er rasch durch, denn in der tief verschneiten, dunkelnden Landschaft waren die Weinkeller nicht so einfach zu erkennen. Seiner war der zehnte.

Die frostige Luft verpasste ihm eine ordentliche Atemnot, als er den Schlüssel zweimal kräftig im Schloss drehte, um zu öffnen. Sogleich verschloss und verriegelte er die Tür hinter sich, um sich auf den Holzstiegen niederzulassen und die Atmung zu beruhigen. Im Kellergewölbe herrschte eine verträgliche Temperatur, sodass er im Presshaus Mantel, Haube wie auch Fäustlinge ablegen konnte. Darauf begab er sich geradewegs mit Krug und Glas zum fünften Fass, in dem der „Blaue Portugieser", der in diesem Jahr ausgezeichnet war, lagerte.

Über die Pipette füllte er den Krug. Die ersten beiden Gläser stürzte er gegen den Durst hinunter. Das dritte machte er mit zwei Schlucken leer. Das nächste hielt er kurz gegen das Kerzenlicht, um die Farbe zu kontrollieren, und es dann mit einem Zug auszutrinken. Da der Martin seit dem Mittagsmahl nichts mehr gegessen hatte, wirkte der Wein schnell. So begann er schon bald, wie so oft, mit sich selbst zu reden und es murrte aus seinem geplagten Innersten: „Alles ein Dreck, alles ein Schmarrn, die Buben sind fort, der Roni sogar tot, mit der Anna nur Streit, die Ehe ist hin, kein Glück mehr auf der Welt, niemand kann mir helfen, niemand, keiner will mir helfen, die zwei Menscherln haben wir auch verloren!" Nun schluchzte er hörbar und Tränen liefen über seine hitzigen Wangen. „Am liebsten tät ich st…"

In diesem Moment verspürte er einen kühlen Luftzug auf seinem Rücken. Er wandte sich verstört um und spähte zum Kellerportal: „Ich hab' doch die Tür zugesperrt!", flüsterte er, während er sich ein weiteres Glas vollschenkte, das er schnell hinuntersüffelte. Ermutigt wankte er hinauf zum Kellereingang: „Hab's doch gewusst, versperrt und verriegelt, bin ich denn deppert word'n von der verdammten Sauferei?" nörgelte er zurückkehrend, goss wieder voll, wonach er hingegen zu Boden starrte.

Er war wohl eine feste Weile so dagestanden, als er bemerkte, dass ihn da irgendwer beobachtete. Im ersten Augenblick erschrak er zutiefst und wurde bleich wie Kreide. Da stand etwas vor ihm. Etwas Riesiges, das vom lehmigen Boden bis zum Gewölbescheitel reichte. Er schüttelte heftig seinen Kopf und rieb sich gleich zweimal die Augen, damit er klar sehen konnte. In dem fahlen Kerzenschein entdeckte er ein Geschöpf, das einen zerlumpten Mantel aus Tierfellen trug. Darunter verbarg sich eine weite, graue Hose. Der Kopf steckte in einem breiten, abgetragenen Filzhut, aus dem langes, graues Haar über die Schultern fiel. Das Gesicht, aus dem zwei lebhafte Augen funkelten, ist mit einem zottigen, gekrausten Bart überwuchert, der bis zum Gürtel hinunter reichte. An den Füßen trug es alte, hohe Schuhe mit ausgefransten Schnürsenkeln. Aus den Ärmeln kamen lange, knöcherne Hände hervor, wobei es in der Linken einen Stamm eines Weinstocks hielt, der am oberen Ende ein knorriges Köpfel hatte.

Zögernd streckte der Martin seine Hand aus, weil er die Erscheinung berühren wollte, griff aber durch sie hindurch. Die Gestalt lächelte und das mochte der Nagel gar nicht leiden, wenn man sich über ihn lustig machte. Also herrschte er das Wesen wirsch an: „Wer bist du denn? Wo kommst du her? Wie bist du hier hereingekommen oder sehe ich in meinem Dusel etwa schon Geister? Verflucht, ich sollte nicht so viel trinken!" Dafür erbte der Martin wieder ein wohlwollendes Lächeln. Daraufhin wollte er die Erscheinung mit einem Ruck hinwegstoßen und schimpfte dabei: „Bist du etwa mein Rausch, bist du vielleicht das Spiegelbild meiner Seel'? Schaut so mein Innerstes aus, schau' ich leicht so aus, wenn ich besoffen bin?" Doch er schlug mit seinen Fäusten nur gegen ein Fass und zog sich dabei eine leicht blutende Wunde zu. Jetzt lachte sich der Martin so laut aus, dass es im ganzen Keller schallte und er ätzte dabei: „Ich bin doch der größte Depp von Schrattenberg, in meinem Zustand haue ich heut Gespenster, die es gar nicht gibt! Wenn mich jemand so sieht, dann bin ich schon morgen im Irrenhaus!" Er nahm sein Glas entschlossen und fest in die Faust, um wieder zu trinken, doch das Wesen legte seine Hand auf Martins Arm und blickte ihn jetzt eindringlich, aber mitleidsvoll an.

Der Nagel glaubte nun, ein Mühlstein liege auf seinem Arm, und obwohl er all seine Leibeskraft zusammen raffte, konnte er den Widerstand nicht brechen, den Becher nicht zum Mund führen und verschüttete den guten Trunk. Wieder goss er ein, weil er einen neuen Trinkversuch starten wollte. Nun kniff die Erscheinung die Augenbrauen zusammen und bewegte verneinend den Kopf.

Doch der Martin gab nicht nach und schüttete gleich alles in sich hinein. Jedoch sogleich glaubte er ledigen Essig in seinem Mund zu haben und spie alles hinter die Fässer. Plötzlich presste es ihm den Brustkorb zusammen, ein stechender

Schmerz durchfuhr seinen Bauch. Er blickte gespannt in das Antlitz des Geistes und stöhnte vor Angst: „Ist es soweit, ist das meine letzte Stunde, muss ich jetzt mit dir geh'n? Ich hätte dich nie und nimmer für den Tod gehalten!"

Da waren die Schmerzen auf einmal wie weggeblasen, ein warmes Gefühl durchströmte seinen Leib, und obgleich das Wesen nicht sprach, konnte er alles vernehmen, was diese Gestalt ihm mitteilte: „Martin Nagel, geh jetzt heim zu deiner Anna, sie braucht dich!" Darauf stammelte dieser: „Die Anna mag mich nicht mehr, wir fressen einander das Leben ab, die Buam sind fort, der Roni sogar tot, hat alles keinen Sinn mehr." Aber was er darauf zu hören bekam, schlug dem Fass den Boden aus: „Du bist ein guter Kerl und hast eine gute Frau, denk zurück an die schönen Zeiten. Außerdem solltest du stolz auf deine Söhne sein. Der Hieronymus ist gefallen, weil seine Truppe in einen Hinterhalt gelockt worden ist. Das Geschoss, das ihn getroffen hat, war eigentlich für seinen Offizier bestimmt gewesen, vor den er sich schützend gestellt hat. Der Vorgesetzte hat das aus falscher Scham verschwiegen. Kannst mehr als stolz sein auf den Roni. Und der Poldl wird bald das Geschäft seines Lehrherrn übernehmen, zu euch kommen und Rind- und Schweinefleisch von deinem Hof kaufen wollen. Er zahlt mehr als gut dafür. Und mit ihm kommen Wirtsleute, denn der Leopold weiß um deine guten Weine. Dafür gibt's ebenfalls gutes Geld. Außerdem muss ich sagen, deine Weine sind vorzüglich, ich habe sie jedes Jahr gekostet. Voriges Jahr gab's ein Problem beim Riesling, weißt du noch? Aber heuer solltest du dir den Welsch im vorletzten Fass ansehen, bei dem stimmt was nicht! Wenn du mir immer noch nicht vertraust, dann hör zu: Vor zwei Jahren war die mittlere Kuh, die „Martha", sehr krank, da bist du um Mitternacht aus dem Bett gestiegen und hast ihr was ins Futter gemischt. Schon nach wenigen Stunden war sie wieder frisch. Ich glaube, das wissen nur wir zwei und jetzt geh nach Haus, dein Weib braucht deine Hilfe."

Noch einmal wollte er sich einen Schluck gönnen und dem Wesen etwas entgegnen, aber dieses gute Gespenst, das ihm so tief ins Gewissen geredet hatte, war wie vom Erdboden verschluckt.

Nachdenklich packte er zusammen, kleidete sich an und grübelte vor sich hin: „Die Anna braucht mich nicht. Vielleicht gibt's ein Problem mit der Susi, die sollte eigentlich bald das Kalberl kriegen. Oder hat meine Frau nicht mehr alle Viecher gefüttert, weil's drauf pfiffen hat? Irgendetwas wird sein. Ich geh heim!" Er trat vor die Tür und versperrte zwei Mal, wie üblich. Es war sternenklar, eisig kalt, es schneite nicht mehr und der Schnee knirschte unter seinen Stiefeln. Etwas schwindelig betrachtete er die im Mondschein glänzenden, verschneiten Felder und er sagte bestimmt und laut vor sich hin: „Wo bist du denn, du seltsame Erscheinung?" Er lauschte eine Weile, kehrte um und wollte in den Keller zurück: „War alles nur ein Traum in meinem Suff, dieses Gespenst gibt es nicht!"

Doch da stand es vor ihm, dieses Ding, dieses Wesen, dieser seltsame Geselle. Derselbe Geist mit einem gepflegten, schwarzen Spitzbart, gewelltem sattem Haar, das der leichte Wind durchsäuselte, auf dem Kopf eine rote Wollmütze, silbern gesäumt, einen purpurnen Umhang tragend mit einem Gürtel, an dem Falknerhandschuhe baumelten, glänzend schwarze Lederstiefel, so wie sie nur die adeligen Herren trugen. Die Hände rein und gepflegt, mit der linken schwang es den Weinstock mit dem Kopf, welcher genau auf sein Haus im Ort deutete.

Der Besucher musterte ihn missmutig und der Nagel vernahm den Befehl: „Ich sage dir, Martin, geh heim, die Anna braucht dich. Geh endlich nach Hause!" Mit dem Kopf zuerst wollte der sture Teufel durch den Geist hindurch in den Keller zurück, prallte dabei mit der Stirn derart gegen die Ziegel, dass er meinte, er müsse ein riesiges Loch im Schädel haben. Mit einem Schlag war er nüchtern, sah alles klar und begann in Richtung Nagelhof zu laufen. Einige Male rutschte er aus und fiel hin. Das war ihm aber gleich, er wollte nur noch nach Hause.

Schon keuchte er über die hölzerne Mühlbachbrücke als er instinktiv und ruckartig anhielt: „Was ist denn das, ein Schneehaufen hier an dieser Stelle, da hat es doch noch nie Schnee zusammengeweht!" Er näherte sich vorsichtig und konnte Konturen erkennen. Da lag ein Mensch auf dem Boden, mit Schnee bedeckt. Er kniete sich sofort hin und beutelte die Schneedecke von der Kleidung. Hernach drehte er den Kopf des Körpers und erkannte mit einem Aufschrei seine Frau: „Anna, Anna, Anna, was ist denn mit dir? Anna hörst du mich? Was ist denn passiert?"

Er riss sie mit aller Stärke hoch und trug sie im Laufschritt zum Haus. Die Tür stieß er mit dem Fuß auf und räumte mit einem Armstreich den Küchentisch ab. Dorthin legte er die Anna und entzündete Kerzen und Laternen. Dann tätschelte er ihr Gesicht und flehte sie an: „Anna, Anna werd' doch munter, mach die Augen auf, bitte, bitte!"

Unsicher streifte er ihr das Kopftuch ab, öffnete ihr gerade den Mantel, als er ihre Stimme hörte: „Martin, Martin, bist du schon da? Endlich!"

„Anna, Anna, was machst du denn da draußen auf der Straße? Du bist auf der Straße gelegen, zugeschneit, du hättest erfrieren können!", springt er erlöst zu ihr hin. „Martin, ich hab mir Sorgen um dich gemacht, weil du so wild warst, ich wollte in den Keller gehen und dich heimholen, ich wollte dir sagen, dass wir wieder gut sein sollten und dass du nicht mehr trinken sollst. Dann bin ich ausgerutscht und hingefallen und hab mir den Kopf angeschlagen. Mehr weiß ich nicht mehr! Aber Gott sei Dank, du bist daheim, du bist bei mir. Ich habe Angst gehabt, du tust dir etwas an!", gab sie ihm zurück. Er schnappte sie an der Hand, führte sie in den Schlafraum und brachte sie zu Bett, nachdem er noch die Beule auf ihrem Kopf versorgt und die eiskalten Füße mit heißem Wasser abgewaschen hatte.

Es ging ihr wieder gut und er war so glücklich wie schon lange nicht mehr, daher schwang er sich gleich samt der Kleidung ins Bett und sie plauderten und plauderten noch lange über Vergangenes. Später hörte er ihren ruhigen Atem und er wusste, dass sie jetzt tief schlief. Der Nagelbauer aber war noch so aufgewühlt und setzte sich daher in die Küche. Dort hörte man ihn laut weinen, als würde all die Gram aus ihm herausfließen. Die Erscheinung kam ihm wieder in den Sinn. Noch einmal durchlebte er in Gedanken die Begegnung im Keller. Das machte ihn unruhig und voller Zweifel. Also trat er vor die Haustür, um nach den Geräuschen der Nacht zu horchen. Es war still und frostig, kein Lüftchen regte sich. Leise flüsterte er zum Himmel, in das Dunkel hinaus: „Wo bist du, du guter Geist, du Gespenst? Gibt es dich, oder gibt es dich nicht?" Stille. Er wartete. Nichts. „Na, macht nichts, dann war es halt ein guter Traum, der uns vor Schlimmstem bewahrt hat" beruhigte er sich weiter, griff schon nach der Türklinke – doch da, was hörte er da? Das Gewinsel eines Hundes, obwohl keiner der Nachbarn einen hatte? Dann wurde daraus ein lautes Gebell und schließlich ein Geheul, als käme es von einem mächtigen Wolf. Dem Nagel schauderte, er verriegelte die Tür mit allem, was an ihr dran war, ging gleich ins Bett, zog sich die Decke zur Gänze über den Kopf und nahm sich vor, seiner Frau nie von alledem zu erzählen.

Die Wintersonne lachte durch ein Fenster und weckte sie auf, den Martin und die Anna, am nächsten Morgen. Sie nahmen ihr Sonntagsgewand aus dem Kasten und machten sich schön, weil die beiden in die Kirche zur Messe wollten. Das hatten sie in der Nacht noch vereinbart. Fröhlich verließen die Nageln das Haus und trafen gleich auf ihre Nachbarn, die Hammerbachern. „Ja hallo, guten Morgen! Geht's auch wieder einmal zur Kirche! Das freut mich!", rief der Leo erstaunt. Die Hammerbacherin, die Johanna, schnappte die Anna gleich am Arm und fragte: „Anna, was kochst du heute?" und die beiden Frauen redeten über die Küchenarbeit und die Männer über den Wein, die Kälte und das Wetter.

Als sie in der Kirche angekommen waren, setzten sich der Martin und die Anna auf der rechten Seite in einem Stuhl, entgegen aller Tradition, zusammen.

Viele freundliche Blicke begegneten ihnen und ältere Frauen nickten zustimmend mit einem Lächeln. Sie fühlten sich wohl, die beiden. Als sie der sehr volksverbundene Pfarrer vor seiner Predigt von der Kanzel aus entdeckte, begrüßte er sie mit den Worten: „Martin, Anna, seid's auch wieder einmal bei der Mess, das freut mich besonders. Hat euch leicht das Geheul des Wolfes, das ich heut früh gehört habe, in die Kirche getrieben?", fügte er scherzend hinzu. Dem Martin blieb die Luft weg. Er presste sich an die Anna und legte ihre Hand in die seine, um sie zu drücken.

Wieder zu Hause bereitete die Anna ihre Lieblingslieder summend das Mittagmahl, während der Martin das Vieh fütterte. An diesem Tag redete er mit den Tieren, was er schon lange nicht mehr gemacht hatte. Beinahe mit jedem einzelnen, sogar mit der Ziege, die er eigentlich gar nicht so recht mochte.

Nachdem sie einen guten Teil vom „Bratl" verspeist hatten, erhob sich der Martin und ging zur Anrichte. Wie gewohnt wollte er sich nach dem Essen Wein einschenken. Hingegen blickte er nun über seine Schulter zur Anna und fragte sie verlegen: „Anna, kannst du dich noch erinnern? Der Oberlehrer hat uns im Unterricht irgendwann einmal etwas von Waldgeistern erzählt. Von den sogenannten „Schratten", weißt du das noch?" Seine Frau antwortete darauf ruhig sinnend und mit sicherer Stimme: „Sicher weiß ich das noch! Die Schratten sind Waldgeister, die angeblich Zauberkräfte besitzen und nach ihnen soll unser Dorf benannt sein. Sie sind für den Schutz der Bewohner, des Weines und der Weinkeller verantwortlich, also im Grunde genommen unsere Schutzgeister!" Der Martin brauchte noch eine Bestätigung: „Aber der Lehrer hat uns diese Wesen doch auch beschrieben. Was hat er denn darüber erzählt?"

Die Anna hatte sich das damals gut gemerkt, weil die Geschichten über die Geister, die der Schulmeister immer erzählt hatte, so spannend gewesen waren und sie gab somit bekannt: „Sie können ganz unterschiedlich auftreten. Einmal ärmlich und verkommen mit langen, grauen Haaren, wuscheligen, langen Bärten im Gesicht, mit Filzhüten auf dem Kopf, abgetragenen Schuhen und zerlumpten Mänteln aus Tierfellen. Das andere Mal wieder, je nach Anlass, können sie gekleidet sein wie die vornehmen Herrschaften in purpurnen Umhängen, mit glänzenden Lederstiefeln, gepflegten Händen, schwarzem Haar und Bärten. Oft tragen sie um die Hüfte einen Gürtel mit Handschuhen daran. Aber ihr wichtigstes Kennzeichen, und das hat der Oberlehrer deutlich betont, das ist ein Weinstockstämmchen mit einem großen, knorrigen Köpfel drauf, das sie stets wie ein Zepter in der linken Hand tragen. In diesem „Mura" soll die Zauberkraft verborgen sein"

Der Martin stützte sich jetzt zitternd am vollen Weinkrug ab, bis er sein Weib bitten hörte: „Geh Martin, komm, trinken wir ein Glas Wein miteinander. Der „Blaue" ist heuer ein Gedicht. Am Nachmittag gehst dann in den Keller und schaust, was mit dem Welschriesler ist, denn du hast schon vor einer Woch'n gesagt, dass bei dem was nicht stimmt!"

Kurz darauf klopfte es an der Tür und der Poidl trat in die Stube. Die Wiedersehensfreude war groß und der Sohn kam gleich zur Sache: „Vota, Muata, ich habe den Betrieb von meinem Lehrherrn übernommen, das Geschäft geht gut und jetzt möchte ich von euch Fleisch kaufen.

Der Preis wird passen. Und ein paar Wirtsleut', die ich kenne, haben Interesse an einem guten Wein und so was habt's ihr immer im Keller gehabt."

Also kam es tatsächlich so, wie es dieses Ding, diese Erscheinung, dieses Wesen, ach ja, Irrtum – also dieser Waldgeist, der „Schratt" dem Martin im Keller angekündigt hatte.

# Die Flut

*Erzählung aus Schrattenberg/Weinviertel*

Herrlich, einfach herrlich! Das Wetter machte in diesem Jahr genau das, was die Natur gerade brauchte. Alles wuchs und gedieh, sodass Rekordernten in Menge und Qualität zu erwarten waren. Die Menschen zeigten sich zufrieden und gingen gern, ja sogar stets fröhlich an ihre Arbeit.

Die Kornernte in diesem heißen Hochsommer überfüllte die Speicher und dann mussten die Futterpflanzen eingebracht werden. Die Obst-, Gemüse- und Traubenernte stand ebenfalls bevor. Über üppigstem Gras prahlten Bäume sowie Sträucher regelrecht mit ihren saftigen Früchten und leuchteten mit ihrem Apfelgelb, Birnengrün, Zwetschkenblau und Himbeerrot weit in die Landschaft hinein. Das Jahr 1894 versprach nur Bestes, wenn da nicht noch dieser schicksalhafte Oktobertag gekommen wäre.

In den Weingärten tummelten sich die bäuerlichen Familien mit ihren Helfern. Überall griffen fleißige Hände zu, die von gemütlicher Plauderei, Gesang, Gepfeife und freudiger Stimmung begleitet wurden.

Der außergewöhnliche Frohsinn erfasste ohnegleichen alle Bewohner des Ortes Schrattenberg.

Der 9. Oktober sollte eigentlich den tollen Herbst fortsetzen, indem er die Sonne als glutrote Kugel in den Morgenhimmel hob. Im Freien war es angenehm warm, sodass man annehmen durfte, wieder mit kurzen Ärmeln in die Weinlese gehen zu können. Schon sehr früh begaben sich die Bauern hinaus auf die Hügel, um die Traubenernte fortzusetzen.

Gegen die Mittagszeit hin jedoch legte sich über das meerblaue Firmament ein seltsames Grau, in das sich immer mehr

dunkle Wolken schoben. Tiefblaue Gewittertürme begannen sich aufzubauen, die in den Spitzen ein fürchterliches Schwarz trugen, hinter welchen unser Licht- und Wärmespender verschwand. Vorerst wehte ein leichtes Lüftchen über die Fluren, das von Minute zu Minute an Geschwindigkeit zunahm.
„Des schaut net guit aus!", „I moan, do kimmt wos daher!", „Schaut's dass ma hoam keiman!", war aus allen Weinbergen zu vernehmen.

Die Leser packten zusammen und brachen rasch zur Heimfahrt mit ihren Fuhrwerken auf. Schon war dumpfes Donnergrollen aus der Ferne zu hören. Die ersten Blitze zuckten über das zerklüftete Wolkengemenge, in dem sich Rot-, Orange- und seltsame Weißtöne widerspiegelten. Plötzlich hob ein Sturm an, der die Gewächse nach allen Seiten bog und einen Teil ihrer Früchte davontrug. In dieses Geheul betteten sich drei aufeinanderfolgende Donnerschläge, dass Luft und Erde bebten. Unheimliche Mengen an Hagelkörnern, so als würden sie einfach ausgeschüttet werden, prasselten aus der furchterregenden Höhe hinunter auf den Ort und seine Umgebung und es schien als würde aus dem hellsten Tag stockfinstere Nacht.

Ununterbrochen stürzten die Eiskristalle hernieder und erreichten allmählich die Größe von Taubeneiern. Sie schlugen das wunderbare Obst von den Bäumen, zerzausten die Weinstöcke, verletzten die feinschmeckendsten Trauben und durchbohrten auf dem Boden reifendes Gemüse. Die gesamte Ried „Bründeln" war bereits nach kürzester Zeit schuhhoch mit Eis überworfen.

Die Leute ergriff eine eigenartige Furcht und sie wandelten unruhig in den Stuben, den Ställen und den Scheunen umher, weil sie mit dem Schlimmsten rechneten. In vielen Häusern entzündeten die Menschen Kerzen, da sie diese frühe Dunkelheit unvorbereitet überfallen hatte.

Dann herrschte auf einmal, völlig unerklärlich, eine beklemmende Stille, sodass die Bewohner schon dachten, der Spuk sei vorbei. Gerade als sich einzelne Hausfenster öffneten, aus denen neugierige Köpfe hervorlugten, folgte ein

Wetterleuchten mit einem derartigen Krachen, dass man glaubte, der Erdball sei in zwei Teile gebrochen.

Der Himmel öffnete seine Schleusen und ließ das Wasser zur Erde strömen. Wenn einer dieser großen Wassertropfen, die mit einer geballten Wucht zu Boden sausten, auf einem Handrücken auftraf, dachte der Betroffene, seine Hand würde von einem Nagel durchstochen.

Der Mühlbach nahm die Wassermassen auf, schwoll an und brachte sie rauschend in das Dorf. Der Wolkenbruch endete nicht, die Fluten stiegen über den Bachlauf und verteilten sich auf Straßen und Wegen.

Über den Ortsteil „In den Gärten" wälzte sich ein Naturschauspiel auf die Dorfmitte zu, das es bisher nur in der Fantasie gegeben hatte. Zuerst kamen sogenannte „Biardl", zusammengeschnürte Kleinholzbündel, welche die Bewohner gerne zum Entfachen von Feuer in den Öfen verwendeten, in regelrechten Haufen angeschwommen. Dahinter brachte die hereinbrechende Flut die auf- und abschwappenden Eisschichten, gleich einer Welle auf die Hausmauern zu.

Manche Familien flüchteten aus den Wohnungen und Hütten. Der Schustermeister Leopold Künstler und seine Agnes eilten mit ihren drei Töchtern, der Aloisia, der Elisabeth und der Johanna, den Bründlberg hinauf.

Ihre Wohnung mit der Nr. 138 wurde zur Gänze überflutet. Das Haus 132 des Adam Johann stand ebenfalls bereits unter Wasser. Die Bewohner hatten sich rechtzeitig in Sicherheit bringen können.

Der Zesch Franz und die Anna, der Michel Ignaz und die Maria, der Anton und die Theresia Rossmiller standen vor ihren Stallungen und beobachteten den vorbeifließenden Strom. Ihre Höfe lagen höher als die anderen und waren nicht gefährdet.

Dort, wo sich die Mühlbacharme vereinigen, erreichte das Wasser seinen Höchststand. In der Flut, die sich bereits minutenlang durch die Gemeinde geschlängelt hatte, trieben neben vielen verendeten Tieren Wäschestücke, Vorräte und unzählige Einrichtungsgegenstände. Viele Dorfbewohner, die von diesem Unwetter mehr als überrascht worden waren, kämpften um ihr noch verbliebenes Hab und Gut. Sie wateten oft bis zur halben Körpergröße durch die lehmfarbene Schlammsuppe.

Rettungsmaßnahmen kamen zum Teil zu spät oder erwiesen sich angesichts des enormen Hochwassers als sinnlos.

Dem Milz Josef von Nr. 43 stürzte die Scheune ein, da sie dem Wasserdruck nicht Stand halten konnte. Die Grundmauern des Hauses 138 wurden unterspült und es brach in sich zusammen.

Den Müller Michl, dessen Frau, die Agnes und die vier Söhne holten die Nachbarn aus dem Haus, denn sie konnten sehen, dass das Gebäude schon große Risse aufwies. Nur kurze Zeit nach dem Verlassen versank es in den Fluten. Wie durch ein Wunder hatte die Strömung die Eiskörner vor die Kirchentür gespült und damit eine Art Wall geformt. Aus diesem Grund blieb das Kircheninnere verschont und großteils trocken.

Zu beiden Seiten des Baches erreichte die Flut etwa einen Meter Höhe, wodurch Schlamm und Morast zusätzlich über die Fenster in die Wohnungen drangen.

Bald aber erhellte sich der Tag noch einmal, die Sonne zeigte sich wieder wärmespendend und es schien, als sei gar nichts gewesen.

Die Wässer wichen allmählich zurück und gaben Häuser, Fahr- und Gehwege frei.

Nun bot sich den Schrattenbergern ein furchtbarer Anblick und erst jetzt wurde das gesamte Ausmaß der Katastrophe sichtbar.

Sämtliche Holzbrücken, die über das Gerinne geführt hatten, waren verschwunden. Die Wassermassen hatten sie mit sich genommen.

Die Menschen glitten wie auf Eiern über den völlig aufgeweichten Erdboden. Wo man hinsah, lagen Schlamm und Dreck.

In dieser Lage erwiesen sich die Frauen weitaus robuster als ihre Männer und begannen sofort mit den Reinigungsarbeiten. Dann brach die Nacht herein.

Am nächsten Tag waren die Leute viel früher auf den Beinen, um den Geschädigten zu helfen, denn diese zeigten sich entmutigt, willenlos, ja verzweifelt und wussten gar nicht, wo sie zuerst beginnen sollten.

Johann Hagen, der Hauptmann der sechs Jahre zuvor gegründeten Freiwilligen Feuerwehr, trat auf den Plan. Er trommelte seine Mannen zusammen und forderte sie fast im Befehlston auf: „Wir haben dem heiligen Florian den Eid geleistet, den Menschen im Brandfalle beizustehen und zu löschen.

Er wird nichts dagegen haben, wenn wir heute unseren Landsleuten helfen, Hochwasserschäden zu beheben. An die Arbeit, Männer!"

Damit griffen sie den entmutigten Schrattenbergern unter die Arme. Bürgermeister Matthias Nagl begeisterte dieser Entschluss so sehr, dass er der Wehr sofort Finanzhilfe aus der

Gemeindekasse für spätere Anschaffungen versprach. Unter diesen Helfern gab es einige talentierte Gesellen, die es verstanden ein Handwerkszeug entsprechend zu führen und der Fleiß kam noch hinzu.

Die Ortsgemeinschaft stand fest zusammen und so blieb dem Übermächtigen nichts anderes übrig, als Erbarmen walten zu lassen. Er sandte einen schönen Sonnentag nach dem anderen; allesamt mit angenehmer Wärme und Trockenheit. Ausnahmsweise musste auch der „Allerheiligentag" herhalten.

Mit vereinten Kräften schafften es die Geschädigten ihre Häuser und Wohnungen notdürftig instand zu setzen und winterfest zu machen, ehe der erste Reif die Dächer und Gräser mit seinen weißen Kristallen überzog.

Einen beträchtlichen Schaden muss das Wasser im Anwesen des Fleischhauers Phillipp Kellner auf Nr. 151 angerichtet haben. Er hat mit seiner Gattin, der Anna und seinen fünf Kindern – 2, 4, 5 und 8 Jahre alt, die kleine Magdalena gar erst knapp drei Monate – angstvolle, bittere Stunden durchlebt. Das dürfte er zum Anlass genommen haben, an der hofseitigen Außenmauer der „Schlagbrücke" eine Gedenktafel anzubringen, auf der zu lesen steht: „ANDENKEN AN DEN UNGLÜCKLICHEN TAG DES HAGELS UND GEWITTER AM 9. OKTOBER 1894 MIT HÖHE DES WASSERSTANDES – PHILLIPP und ANNA KELLNER."

Die Gedenkinschrift ist heute noch vorhanden und befindet sich 101 cm über dem derzeitigen Gelände.

# Ballade über Schrattenberg

Vor 800 Jahren kamen
Bauern her in dieses Land,
pflanzten Reben, säten Samen
aus mit schwiel'ger Bauernhand.

Bauten hier auch ihre Hütte,
gruben Keller für den Wein,
schufen in des Ortes Mitte
eine feste Burg aus Stein.

Kam Graf Scroto hoch zu Rosse,
sah das wohlgelung'ne Werk,
sprach sogleich zu seinem Trosse:
„Freunde! Das wird Scrotinberg!"

Er erhielt das Dorf zum Lehen
und auf seines Wappens Bild
Silberbögen war'n zu sehen
drei – in blau und rotem Schild.

Siedler brachte er aus Westen,
rief sie auch aus Ost und Nord;
und es zogen oft die Besten
aus der fernen Heimat fort.

Da ist es auch gar kein Wunder,
dass viel Gutes hierher fand,
und – wenn auch gemischt mitunter –
hier manch guter Stamm erstand.

So ist Schrattenberg geworden,
zeigt sich bald als schmucker Ort,
stand als Bollwerk gegen Norden
als des Reiches fester Hort.

Freilich gab's oft bitt're Tage,
wenn der Feind brandschatzend kam
und die Früchte ihrer Plage
unser'n fleiß'gen Vätern nahm.

Oder wenn mit Fieberbränden
Pesttod durch die Gassen schlich,
dass der Ort an seinen Enden
einem großen Friedhof glich.

Oder wenn in Asche legte
Feuersbrunst den Ort bei Nacht,
Hagel über's Feld hinfegte
und aus Bauern Bettler macht!

Lag's zu Tod getroffen nieder,
schien's für immer weggerafft,
aufgeblüht ist immer wieder
Schrattenberg aus eig'ner Kraft.

Menschen gingen, Menschen kamen,
was geblieben ist der Ort,
sind verklungen ihre Namen
leben sie in uns doch fort.

*Verfasser: Dr. Theodor Kaufmann, 1984*

# QUELLENVERZEICHNIS

Chronik der Römisch Katholischen Pfarre Schrattenberg (Verfasser Leopold Teufelsbauer)

Tauf-, Ehe- und Sterbebücher der Römisch Katholischen Pfarre Schrattenberg

Aufarbeitung der Pfarrmatriken des Römisch Katholischen Pfarramtes Schrattenberg (Sammlung von Dr. Theodor Kaufmann)

„Von der elendsten Kirche in der Monarchie zum künstlerisch bedeutendsten unter den klassizistischen Gotteshäusern im Bezirk Mistelbach" (Sammelwerk von Dr. Peter Schilling, Ausgabe März 2003)

# Helmut Kaufmann

Helmut Kaufmann, geboren 1960, ist seit 1980 Leiter des Gemeindeamtes seines Geburtsortes Schrattenberg. Als er die Liebe seines Lebens trifft, wird die Familie zum Lebensmittelpunkt. Über die eigenen Kinder entdeckt er den Hang zur Schriftstellerei wieder.